JUMP j BOOKS

Dr.STONE

声はミライへ向けて

原作：稲垣理一郎
作画：Boichi
小説：森本市夫

CHARACTER

コハク

軽《かる》い身《み》のこなしと高《たか》い経《けい》験値《けんち》で男《おとこ》に引《ひ》けを取《と》らない武力《ぶりょく》の持《も》ち主《ぬし》。その強《つよ》さは村《むら》で一二《いちに》を争《あらそ》う。

クロム

好奇心旺盛《こうきしんおうせい》で賢《かしこ》く、まっすぐな性格《せいかく》。科学《かがく》に魅《み》せられて千空《せんくう》と共《とも》にその道《みち》を極《きわ》めんと突《つ》き進《すす》む。

千《せん》空《くう》

科学大好《かがくだいす》きで豊富《ほうふ》な知識《ちしき》を持《も》つ少年《しょうねん》。石神村《いしがみむら》の村《むら》長《おさ》となり科学王国《かがくおうこく》を率《ひき》いる。口癖《くちぐせ》は「唆《そそ》るぜ」。

Dr.STONE ドクターストーン

STORY ストーリー

ある日突然《ひとつぜん》、世界中《せかいじゅう》の人類《じんるい》は不思議《ふしぎ》な光《ひかり》で石化《せきか》してしまった。それから数千年後《すうせんねんご》、高校生《こうこうせい》の千空《せんくう》と大樹《たいじゅ》は石化《せきか》を破《やぶ》って復活《ふっかつ》する。ゼロから科学文明《かがくぶんめい》を築《きず》きあげて、人類《じんるい》を救《すく》おうとする二人《ふたり》。だが科《か》学《がく》を拒《こば》む最強《さいきょう》の高校生《こうこうせい》・司《つかさ》に、千空《せんくう》が殺《ころ》されかける。

秘密裏《ひみつり》に復活《ふっかつ》した千空《せんくう》は石神村《いしがみむら》で様々《さまざま》なものを作《つく》り科学王国《かがくおうこく》を築《きず》くが、司帝国《つかさていこく》との戦《たたか》いへ突入《とつにゅう》してしまう。やがて両国《りょうこく》は和解《わかい》するが氷月《ひょうが》の裏切《うらぎ》りで重傷《じゅうしょう》を負《お》った司《つかさ》。千空《せんくう》は治療法《ちりょうほう》を見《み》つける時間《じかん》を稼《かせ》ぐため司《つかさ》を冷凍保存《れいとうほぞん》した。

石化現象《せきかげんしょう》の解明《かいめい》を目指《めざ》す千空《せんくう》たちは世界進出《せかいしんしゅつ》を計《けい》画《かく》し、大航海《だいこうかい》の準備《じゅんび》を開始《かいし》。パン作《づく》りに成功《せいこう》した千空《せんくう》たちは油田《ゆでん》も発見《はっけん》し、モーターボートで海《うみ》に出《で》てみることに。すると石化《せきか》の黒幕《くろまく》と思《おも》われるホワイマンと衝撃《しょうげき》の出会《であ》いを果《は》たすのだった!!

JUMP j BOOKS

Dr.STONE
声はミライへ向けて

第1章 メンバト～あさぎりゲンVS.獅子王司

光も届かない真っ暗な海の底で、ただ音だけに耳を澄ませるのが海上自衛官・西園寺羽《さいおんじう》京《きょう》の生業《なりわい》だった。

だから陸《おか》にいるときくらいは、のどかな静寂のなかで耳を休ませておきたい。そんな潜水艦乗りの願いは、テレビから流れてきたけたたましいファンファーレによって、無残にも打ち砕かれた。

『メンバト〜心の強さでメンタルバトル！　世紀の対決!!　メンタリストVS.トップアスリート〜!!』

これが自分の部屋だったら、羽京は秒でテレビを消していただろう。だけど独身自衛官である彼は、規定によって基地内の寮に住んでいて。そして、これまた規定によって部屋には他の自衛官が一緒に暮らしていて。最悪なことに、部屋にテレビを持ち込んだ坊主頭のマッチョマンは、羽京よりも先輩だった。

「あの……」

「羽京、これゼッテーおもろいから、一緒に見ようぜ！」

羽京の懇願《こんがん》は、言葉になる前に潰《つい》えた。超体育会系の組織、超体育会系の先輩。『チャンネル争い』なんて言葉はここには存在しない。反抗はできず、「一緒に見よう」と誘われたからには拒否もできず、羽京の食後はこのスペシャル番組に費やされることに決まった。

（いや……）

まだ可能性は残っていた。この部屋にはもうひとりの男がいる。この部屋で一番の年長者。彼が一言この番組鑑賞に異を唱えれば、年功序列の絶対法則で、このつまんなさそうな集会もお開きになるはずだ。羽京はその先輩に助けを求める視線を送った。

「……すこし、走ってくる」

羽京の目論《もくろ》見《み》は、言葉になる前に霧散した。寡黙でストイックなその先輩は、テレビに目もくれず、シューズの紐《ひも》を丁寧に結び直している。羽京は諦めてテレビに向き直った。

『この男がいなきゃ始まらない！「メンバト」二四連勝中！「マスター・オブ・マインド」の称号を持つ……』

画面のなかでは司会の男女に続いて、派手なスーツ姿の男が紹介されていた。テカテカの靴を履いたその若い男は、スタジオの観客に向かって愛想の良い笑顔を振りまいている。

羽京は画面に表示されたテロップを読み上げた。

「『メンタリスト・あさぎりゲン』……」

名前だけは聞いたことがある。それに「メンタリスト」という言葉はドラマのタイトルにもなっていた。

「この人は心理学や行動分析学の専門家ですか？」

「うん？　テレビじゃマジックとかばっかやってるけど」

なんだそれ、と羽京は思った。テレビ用のキャラ作りかもしれない。そんな会話の横でもうひとりの先輩はシューズの紐を結び終えて、テレビに一瞥《いちべつ》もくれないままベッドから立ち上がり、部屋のドアに手をかけた。

『そしてスペシャルならではの超豪華ゲスト登場!!　最強アスリート三名!!　まずひとり目は「霊長類最強の高校生」「百獣の王」の異名を持つ……』

ドアの開く音はいつまで経《た》っても届いてこなかった。代わりに先輩の重い足音が近づいてくる。なんだろう、と思った羽京が後ろを振り向く。

「忘れ物ですか？」

年長の先輩は答えず、ベッドに腰を下ろした。

「……おれも、見るぞ」

珍しい。この人がテレビ番組に興味を示すなんて。羽京は再び画面に目を向ける。たぶん、この男が目当てなんだろう。これまたスーツを着込んだ長髪の青年が、カメラに向かって柔和な笑みを浮かべている。

「最近よく出ますよね。正直あんまバラエティ向きだとは思えないんスけど。そつなくこなしてはいるけど、そもそも住む世界が違うっていうか」

「……なにか、事情があるんだろう。それに肉体《からだ》はちゃんと、鍛えてあるようだ」

先輩二人の話を聞き流しながら、羽京は画面に流れるテロップを黙読した。

(『獅子《しし》王司《おうつかさ》』……)

彼ならよく知っている。自衛隊内だけでいえば、先ほどのあさぎりゲンよりも知名度は高いだろう。高校生ながら総合格闘技の大会で優勝し、デビュー以来無敗を貫いている男。年長の先輩がそうであるように、みんながこのイケメン闘士のファンというわけだ。

食堂で食べたカレーの味が口のなかにまだ残っている。今日は金曜日。夕食後のゴールデンタイム。あさぎりゲン対獅子王司。メンタリスト対無敵の格闘家。

男三人でテレビにかぶりつくむさくるしさを考慮したとしても、注目に値する番組なのは間違いなさそうだった。

『メンバト』収録当日、獅子王司はテレビ局の控室で、その端正な顔に妙な匂いのする粉をパタパタ押し付けられていた。

「いやー、肌白いですね」

メイクスタッフが社交辞令めいた言葉を投げかける。

どうにも、慣れない。この柔らかいメイクブラシの感触よりは、まだグローブ越しのタフな顔面パンチのほうに安心を感じてしまう、というのが正直なところだった。

テレビへの露出を積極的におこなってきている彼だけど、楽屋入りからスタジオ収録に至る万事がこの調子だ。鏡面に映る自分はすでにテレビ用の表情を作れているものの、なにか『浮いた』感じはずっと心につきまとっている。

それでもこの日はマシなほうだった。その理由は両隣で同じくパタパタされている共演者の存在だ。ベテラン野球選手の玉城《たましろ》、現役最速陸上選手の足立《あだち》。自分と同じように着慣れないスーツにその発達した肉体を押し込めている二人は、ともにトップアスリートと呼ばれる存在で、他の関係者よりはよっぽど気楽に話せる。

「いちごミルク」「オレはココアっす」「味は別になんでも……」

司の言葉に陸上の足立が「えーっ」と大げさに声を上げた。

「司クンマジ!?　まずいプロテインを我慢して飲むのって、なんかヤじゃない？」

「いや、特には……」

「あー、もしかして司クン、貧乏舌？」

「足立くん、それは言い過ぎとちゃう？」

　足立の軽口を、野球の玉城が年長者らしくたしなめた。三人のなかでも一番大柄な大先輩の言葉に、足立はその細く引き締まった体をぐにゃりと曲げる。

「あ、すんません玉城サン……司クンもゴメンな」

「いえ……」

　素直に頭を下げる足立に司は軽く微笑《ほほえ》んだ。貧乏だったのは事実だし、なによりこのあけすけな物言いは、久しく彼の周りにはなかったものだ。有名になってからというもの、自分の付加価値に引き寄せられる人間が増えたと思っている彼にとって、この手の大雑把な扱いはむしろ好ましかった。

　やはり芸能人とかいう人種と、合わない話題を無理やりつなげようとする努力よりは、自分と同じように肉体を高みに導くために生きる人間と、筋肉の話に終始しているほうがよっぽど楽でいい。

　そんなことを実感しているうちに、他の二人は先にメイクを終え、玉城は部屋の外へ行

ってしまった。司だけやたら時間がかかっているのには、ちゃんとした理由がある。

「いやー立派な髪ですもんね」

メイクさんが汗をかきながら、背中まで伸びた長髪相手に悪戦苦闘している。スマホをいじっていた短髪の足立が「司クン、いい機会だから切ってもらえば？」と冗談めかして笑いかけた。


長い髪のセットがようやく終わりを迎えるころ、控室の入り口が開く音がした。同時に賑《にぎ》やかな声が乱入してくる。玉城、ではない。司は不測の事態に身構えた。

「ゲンちゃーん。今日もシクヨロね～。終わったらザギンで打ち上げだから～」

「あそこのシースーはジーマーでマイウーだからね～。期待してるよ～Dちゃん」

「もちろんレーキーなチャンネーもいっぱい呼んどくからね。楽しみにしてて～」

「バイヤーな夜になりそうだね～。ゴイスーな娘《こ》、お願いね～」

……身構えた自分が、なんだかマヌケに思えるような会話だった。同じように闖入者《ちんにゅうしゃ》を凝視していた足立も、すでに視線をスマホに戻している。

司は鏡越しに声の主を探った。ひとりは打ち合わせのときに会った男。『メンバト』のディレクターだ。そしてもうひとりは、たしか共演者。あさぎり、ゲン。

「あれれ。もしかして……獅子王司ちゃん？」

ディレクターが去ったあと、ゲンがわざとらしい声を上げて、司のそばに寄ってきた。

メイク中の司は首を動かすわけにはいかず、自然、二人は互いに正面の鏡のなかで目を合わせることになる。

「………うん。そして君が、あさぎりゲン」

ひと目で、わかった。鏡に映るこの男は、自分とは全く違う人種だ。

年齢だけでいえば、アスリート二人よりもよっぽど自分に近いだろう。でもその性情はまるで正反対を向いている。司やあの二人は、自身を高め、己に克《か》つために生きている。それに比べて、このあさぎりゲンという男は……。

彼はさっきからずっと愛想の良い笑みを浮かべていた。気持ちの良い声色で喋《しゃべ》り立てていた。耳あたりの良い言葉を並べていた。初対面であるらしい足立とも、難なく会話を弾ませているこの男。ゲンは、常に『他《ひと》』のほうを向いている人間だ。

もちろんそれは、他人が好きとか、愛嬌《あいきょう》があるとか、そういうかわいい次元の話ではない。もしそうなら、その表情も、あの仕草も、ここまでの『完成度』には至らないだろう。

彼の上っ面は、明らかにある目的と指向性を持って訓練されたものだった。

格闘家の司とは全く異なる意味で、他者を相手取ることに長《た》けた人物。拳ではなく、も

っと柔らかい武器を使って、相手を欺《たお》す専門家。それが鏡越しに見たこの男に対する、司の印象だった。

「ねえねえ、あさぎりクン。なんか手品やってみせてよ」

司のメイクが終わるころには、足立はすっかりゲンの話術にほだされてしまっていた。

ゲンはこの新しくできたファンの注文に、持ち前の笑顔で応えた。

「オッケ〜。でも今本番前で着替えちゃったから、なんも仕込んでないんだよね〜」

「アハハ、それ言っていいの？」

「オフレコにしといてね……。あ、でも、こんなとこにちょうどトランプがあるね〜」

ゲンの手のひらにはいつの間にかトランプの束《デッキ》が置かれている。

「すっげ！　いつ置いたの!?」

派手な素振りで服を探るふりをしている間に、足立の死角となるほうの袖のなかから、だ。

鏡越しに一部始終を見ていた司だけど、もちろん水を差すようなことは言わない。

「じゃあ定番なんだけど……」

思わせぶりなことを言いながら、ゲンがそのカードデッキをシャッフルし始める。司ですら感心するほどの、熟練の手さばき。なるほど、この過程もショーの一部なんだろう。

いくつもの山に分けられたデッキが、ゲンの流麗な手運びのなかでまたひとつに戻っていく。途中で足立にも入念にシャッフルさせ、混ぜ終わったデッキの上から三枚を引いたゲンは、数字を伏せたままそれらを鏡台の上に並べた。

「トランプの数字当てゲーム♪　まずは一枚選んでもらおうかな」

言われた足立がおそるおそる真ん中のカードを指差す。ゲンはそれを足立に手渡した。

「司ちゃんもどう？」

司は座ったまま自分に近いカードを選ぶ。ゲンはそれを渡し、残った一枚を手に取った。

「じゃあ早速当てちゃうね。足立ちゃんの選んだのは……ダイヤの９！」

足立が声を上げた。開示されたカードはたしかにゲンの透視と同じものだ。

「すげーよあさぎりクン!!　大当たり!!」

足立が子どものような純真な眼差《まなざ》しをゲンに向けている。その間、司は自分のカードをずっと眺めていた。

『巧』は『信』を得るモノか、『疑』を呼ぶモノか。足立にとっては前者、司に限っていえば、それは後者らしい。『巧《うま》すぎるのも考えもの』というわけだ。

先のシャッフル、足立にもデッキを切らせ、公平感を出してはいたけど、ゲンの技量なら、そのあとにあらかじめ抜いていたカードを混ぜるくらいはやってのけるだろう。デッキが丸々出てきた袖広の服だ。カードの三枚くらい出し入れできたって不思議はない。

さらにわざわざ三枚のなかから一枚を選ばせたのは、『自分が選択した』という事実を足立に残すため。シャッフル、そして三択。自らが介入したという事実が疑いの霧を薄める。これがメンタリストのメンタルマジックなんだと、司は解釈した。

「続いて司ちゃんのいくね。ハートのA《エース》！　どう？」

「うん、正解だね」

胸のうちにある全てを呑《の》み込んで、司はカードを表に向けた。もちろん数字は正解で、足立は素直に感嘆の声を上げている。

「ま、こんなとこかな。……ところで」

薄く微笑みながらカードを返そうとする司の手を、ゲンがじっくり覗《のぞ》き込んだ。

「司ちゃん、パンチ以外に武器も使えちゃったりする？　たとえば……剣とか」

開かれた拳が、驚きで少し止まった。身を包んだ不気味な気配に、司は目を見開く。

「そう……だね。うん、テレビや興行では公表していないけどね。これもマジックかい？」

「やっぱり？　俺は色んな人の手相とかも見てるからね～。わかっちゃうんだ」

言われてみれば単純な話だった。竹刀だこでも発見したんだろう。不意打ちとはいえ、他にたしなんでいた武道の存在がバレただけ。それだけのこと。だけど……

「いや～、でもこれすごい収穫かもね～。だって」

鏡のなかの男の表情が、一変した。

「司ちゃんがビックリしたときの反応、見れちゃったからな～」

今まで見せたことのないギラギラとした眼光。司はここにきて、自分の不利を悟った。彼は文字通り、自分の手の内、その一部を暴露してしまったのだ。

「『本番』じゃあコレ、良《い》い判断材料になるかもね～。楽しみにしてるよ、司ちゃん」

そんな宣戦布告じみた言葉と同時に、外からゲンを呼ぶ声がかかった。彼が愛想の良い挨拶を残して部屋の外に去ったあと、司は大きな息をついた。

つまり自分は、見抜かれていたんだろう。ゲンを観察し、その上っ面を見抜いていたことを、見抜かれていた。深淵《しんえん》を覗き込んだら、深淵もこっちをガン見していたわけだ。

ゲンは自分を『お客さん』ではないと判断した。そう判断したからこそその、あの挑戦的な表情。もちろんあれも、彼の本心の発露とはとても思えない。あくまでいくつも用意された仮面のひとつ。全く、底の知れない男だ。

そんな男に、手の内の一部が露見してしまった。ゲンの言った通り、これは『本番』に影響を与えるかもしれない。

これから始まる『メンバト』の収録。そこで司はあのメンタリスト相手に、『嘘《うそ》』をつき通さなくてはならないのだから。

『「メンバト」とは、心と心の覗き合い……。挑戦者はマスターの追及をかわし、己のカードの数字を隠し続けなければならない……』

「基本的なルールは、ただの『ヒット&ブロー』ですね」

テレビから流れるルール解説を聞いた羽京が、確認するように言った。

『ヒット&ブロー』。出題者が四つのバラバラな数字を任意で並べ、解答者がその四つの内訳と順番を推測するゲームだ。それをトランプでおこなう、ということらしい。

「H《ヒット》なら○がつき、B《ブロー》なら△ですか……」

解答者はノーヒントの状態から手探りで数字を当てなければならない。当然一度でピタリと的中させることは不可能に近い。何度も解答を重ねることになるけれど、その際に手助けとなるルールが、ヒットとブローだ。

解答した数字ひとつひとつに対して、数字とその位置が合っていたらヒット、数字だけ合っていて位置が間違っていればブロー、という情報が提示される。

たとえば出題者が『1・2・3・4』と並べたとして、解答者が『1・2・4・5』と予想を

出せば、ヒット二つにブローひとつ。メンバト風に言えば『○2・△1』という情報が得られる。ただ、『○』が二つついたからといって、正解している二箇所が『1・2』の部分だとは、解答者は確信できない。けれど、とにかくこれを繰り返して解答者は正解に肉薄していく。

もちろん数さえこなせばいいというわけでもない。ゲームであるからには勝敗が必要で、それは規定の回数までに正解できたかで決定される。そして、番組側が打ち出したその回数は……

「三巡……」

年長の先輩が考え込む。この部屋にいるのは全員が海上自衛官だ。電波も届かない洋上での娯楽として、こういったアナログゲームもある程度はたしなんでいる。その経験からして、この数字は少し異様だった。

「『普通の』ヒット&ブローとしてはかなり少ないですね」

「だろ!? でも毎回それを当ててるから、あさぎりゲンはすごいんだよ!!」

坊主頭の先輩はまるで自分のことのように自慢げだ。だけど羽京はこの先輩ほど無邪気にはなれなかった。

「でもこれ、三人チームだぞ」

年長の先輩も、同じことを考えていたらしい。羽京はこの先輩の言葉を補足した。

「ルールを一通り聞いたかぎり、トランプのA《エース》からK《キング》……あとジョーカーを入れて一四枚。これを三人で四枚ずつ分けるんですよね。……余った二枚はどうなります？」

「出題者……この場合、獅子王司たち三人にだけ、開示されるぜ」

「なんだ、そりゃ？」と年長の先輩が首をひねる。

「とにかく三人で一四枚と決まっているなら、他の人間のヒットとブローの数もヒントになります。普通にタイマンでやるより楽な展開もありえるかと」

年長の先輩は無言のまま頷《うなず》いた。極端な話、ひとりでも全正解、もしくは全不正解になれば、それだけでかなりの数を絞れる。もちろん、泥沼にハマったときの困難さはタイマン以上だろう。それを踏まえて、この三巡という数字が多いのか、少ないのか。そこまでは羽京にも判断できなかった。

「……で、メンタル要素はどこなんでしょう？　これだとただの算数ゲーム……」

羽京がスパッと話題を変える。二人の説に反論できないでいた坊主頭の先輩は、水を得た魚のように羽京の話に乗っかった。

「解答者はな、出題者にいろいろ質問とかできるんだよ。『一番大きな数字は何？』とか『右端の数字は8でしょ？』とか。で、出題者はそれに絶対答えなきゃいけないんだ。嘘でも

いいんだけどな」

（強制なのか……）

羽京がまた考え込む。出題者は質問に対して必ず反応しなければならない。嘘をつかなければいけない場面もあるだろう。仮にも『メンタリスト』の肩書を持つ男に対して。

「で、その態度とかをあさぎりゲンが見抜くってわけ」

「なるほど、な」

年長の先輩が頷いた。先ほど話題にのぼった余りカードの処遇。その意味に得心がいったようだ。余ったカードが手持ちにあるとゲンに誤認させられれば、確実に勝利できる。

「そして最後に大事なルールがひとつ！　挑戦者側全員がマスターに負けたら、罰ゲームとして、ジョーカーを持ってる人のマル秘ＶＴＲが公開されるんだよ!!」

そこは、別にどうでもよかった。テレビっ子な先輩には悪いけど、羽京はそこまで有名人のゴシップに対して興味がなかった。

（ただ……）

公開される側の人間の心中は穏やかじゃないかもしれない。たとえばそれが、自身の大事なプライベートに関わることだったりしたなら。

画面には、先ほどテーブルから選んだ四枚のカードを覗き込む獅子王司の顔が、大きく映し出されていた。


「あ、司ちゃ～ん」

収録直前、スタジオに向かう司はねっとりとした声に呼び止められた。見ると『メンバト』のディレクターが立っている。そばにいるのはたしか、番組の司会を務める女性。局のアナウンサーだかタレントだかの人だ。

「どう？　緊張してな～い？」

「いいえ……」

「むふふ。もう売れっ子だもんね。タレントとしても全然やっていけるよ～」

「はあ……」

軽く頭を下げて、司はスタジオに足を向けた。どうもこういった上滑りな会話を続ける気にはならない。

「あ、そうそう……」

足早に去ろうとする司の背中を、ディレクターの声が叩《たた》いた。

「例のＶＴＲ、カンッペキに仕上がってるよ〜。感・動・大・作、できちゃってるから」

司の足が止まった。

「スリル＆サスペンスからのお涙頂戴！　ああ、これこそが至高のエンタメだよね〜」

「え、それなんの話ですかぁ？」

隣にいるアナウンサー崩れが媚《こ》びた声を出す。

「挑戦者が負けたときに流す映像のこ・と。なんと司ちゃんの妹がね……」

「すみません。その話はここでは」

それは口調としては穏やかなものだった。人をたしなめる以上の意図はないように思えた。だけどそれを受け取ったディレクターは全身が総毛立つのを感じた。司の言葉は、ほとんど暴力による制止と変わりないように思えた。

身の危険を感じたディレクターが黙り込んだ。その目が、遠ざかる司の背中を追う。彼の背中はありとあらゆるものを拒絶しているようだった。ただただ、触らないでほしがっているように見えた。

「……結局なんだったの？　ＶＴＲって」

司の姿が見えなくなったあと、司会の女性が、おそるおそる尋ねる。ディレクターはハンカチで汗を拭き拭き、首を振った。

「ま、司ちゃんのかなり柔らかいところだからね。ここで言うのは無神経だったかな。本番をお楽しみに、ってことで」

「えぇ～、じゃああさぎりくんが負けたら見れないじゃん」

女がいたずらっ子のような笑みを漏らす。ディレクターもそれに呼応するように、邪悪な表情を浮かべた。

「むふふ。あのピュア・ボーイがゲンちゃんに勝てるわけないでしょ。『ゲンちゃんに』っていうか、『ボクたちの番組に』、だけど」

獅子王司には妹がいた。彼女の名は獅子王未来《みらい》。もちろん彼女のミライを願ってつけられた名前なのだろうけど、当の本人からそんなものはとうの昔に喪《うしな》われていた。

『臨床的脳死』

結局のところそれはただの言葉で、「意識が戻る可能性はない」とまで言われた妹の生死を定義するのは個々人の判断・価値観による。司は当然のように妹の『生』を信じた。

ミライを、願った。

無機質な装置なしでは生きられない妹のために、司は金をかき集めた。己を鍛え上げ、『霊長類最強の高校生』の称号を得た。知名度を活《い》かして、タレント活動も始めた。

それは苦痛でしかなかった。そもそも司は金が嫌いだった。もっというと、限りあるリソースを奪い合う『現代社会』を、大人の論理で動くそのゲームを憎んでさえいた。

それは過去、大人にささやかな願いを踏みにじられた辛酸に端を発していた。だから弱者だった彼が、誰よりも強きを挫《くじ》き、弱きを助けたいと思っている彼が、奪われないために暴力を身につけ、金というリソースを奪い合うゲームに身を投じたのは皮肉でしかなかった。

六年、それを続けた。一八歳になった司が振り返るとき、それは長い歳月だった。だけど彼は今後その何倍もの時間を、妹のミライに捧《ささ》げなければならなかった。

そんなとき、この仕事の話がきた。妹を見世物にするような提案に、司は初め難色を示した。だけど彼の事情を公開することで、世間から同情を買えて、仕事はもっと増えるだろう。知名度が上がることで、もしかしたら未来の治療も進展するかもしれない。そういった彼のマネージャーと番組関係者の説得に、ついに司は折れた。

今回の番組出演はほとんど身売りだった。大人たちが寄ってたかって若者の身体《からだ》を切り分けている図に近かった。いや、もしかしたら司も同罪かもしれない。見ようによっては、彼は未来を供物に捧げようとしているのだから。

若者はなにも持たない。だから自身を切り売りして生きる。だけど、そのうち力を得たら、自分以外から、より弱き者から奪うようになるのだろうか。既得権益にしがみつく今の大人たちを見ると、そうとしか思えない。

人は衰える。格闘技もいつまでも勝ち続けられない。人気は落ちる。テレビ出演も、止まるときが来るだろう。だったら自分もいずれ、弱者から奪うようになるのか？

司は、時折そう考えないこともなかった。

「お？　司ちゃん、良いの引いちゃったかな？」

ゲンの声が司の意識を引き戻した。司の手には四枚のカードが握られている。そうだった。ここはスタジオで、番組の収録はもう始まっている。横に立つ参加者たちにもすでにカードが行き渡ったようだった。

司はあえて何も応えず、きびすを返した。もう勝負の幕は切って落とされた。余計な情報を与える必要はない。指定された席に向かいながら、司は考えた。

ゲンならどうだろうか。この大人の世界に染まりきっているような黒白《こくびゃく》の男。年は自分に近くても、まるで背中合わせのように自分とは相容《あいい》れない若者。彼が自分の立場に置かれたら。

おそらく、奪うだろう。司にはそう思えた。そもそも、ゲンの努力が、技術が、他人を

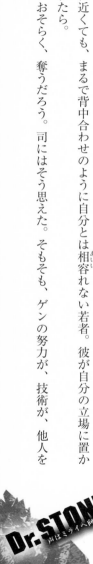

利用して生きるためのものだからだ。だから、これは相反する若者同士の対決に他ならない。だったら、負けるわけにはいかない。

そう。ようするに、負けなければいい。

それが彼の最後の矜持《きょうじ》、その拠《よ》り所だった。これが仮にも『バトル』の名を冠した番組だから、司は出演を承諾した。格闘技という勝負の世界に賭けたのだから、この現場でも勝ち敗《ま》けにミライを託すべきだ、と。

席についた司は、スーツのポケットにしまっていた四枚のトランプを、目の前の四角いテーブルに並べた。

4・10・K《キング》。そして……

半身《はんみ》の『道化師《ジョーカー》』が司に向けて不気味な笑みを浮かべていた。

「CM、長くないか?」

年長の先輩が心底不思議そうな声を出す。テレビ大好きな自衛官は「こんなもんですよ」

と涼しげな表情だ。

『この番組は、ご覧のスポンサーの提供で……』

先輩が「お」という声を上げたのもつかの間、画面は再びＣＭを垂れ流し始めた。

「頻度、多くないか？」

年長の先輩が心底呆《あき》れた声を出す。羽京は心のなかでそっと同意した。

『ついに始まる、一巡目』

ようやく始まった。年長の先輩も案外ミーハーで、画面に獅子王司が映った瞬間に、さっきまでの退屈そうな表情が消えている。

画面内、向かって左側には司たち三人の挑戦者。それぞれに椅子と机が用意されている。机上にはカードをはめる専用のホルダーがあって、四枚のカードはそこに裏向きに設置されている。これでカメラが挑戦者に寄っても、置かれたカードは当人以外にはわからない。

画面右端には観客席。お目当てであろうゲンの顔が見られないのは残念だけど、さすがに真剣勝負を標榜《ひょうぼう》している以上は、挑戦者の後ろには置けないだろう。

そしてゲンは、挑戦者の正面。扇形に配置された彼らを存分に眺められる位置でふんぞり返っている。用意されているのは椅子だけだけど、腕を組み、足を組み、照明をかぶり、高級そうな靴の光沢をこれでもかと見せつけている姿は、まさに支配者《マスター》といった様子だ。

『さて……』

口火を切ったのはゲンだった。

『ま、このゲーム、セオリー通りなら初手はわかりやすく「1・2・3・4」って並べればいいいんだけどね～。チャンスは三回しかないから、あんまりトロトロしてられないし、何よりテレビ的につまらないからね～。てことで』

ゲンが司の顔を鋭く見据えた。

『司ちゃん、K《キング》持ってるでしょ』

観客がどよめく。坊主頭の先輩が「いきなりかますなー」と喜びの声を上げた。

(これ、思ってた以上に厄介だね)

羽京はテレビを見ながら考えこんだ。『沈黙は許されない』というルールがある以上、こんな見え見えのカマかけにも、挑戦者はいちいち反応しなければならない。ゲンにそれを観察されるのはもちろん、この場合のように具体的な数字を何度も尋ねられれば、論理的な破綻を招く危険もある。ゲームの性質上、挑戦者たちはカードの並びと正しい数字、嘘の数字を全て計算しながら答えなければいけないため、よほど頭の回転が良くなければ、今後の展開についていけないだろう。

「全部正直に答える、のもダメか」

年長の先輩がひとりごちる。どうせわからないのだからと全て本当を話したとしても、その安堵《あんど》をゲンに見抜かれれば終わりだ。答えるまでにタメを作る、表情を変えるなど、どちらにせよ『演技』が必要になってくる。そしてそこは、間違いなくメンタリストの土俵だった。

（さて、『霊長類最強の高校生』の答えは……）

『持ってませんよ』

ほお、と年長の先輩が息をついた。感心しているんだろう。それは見事なポーカーフェイスだった。このような対人心理戦の基本にして奥義。下手に表情を作ってほころびを出すよりは、無表情に徹するのが正解に近い。

じっと司の表情を眺めていたゲンが、大げさに肩をすくめてみせた。

『あらら、せっかくカマかけたのに全然動揺しないね〜。若いのに結構すごいんだね、司ちゃん』

画面のテロップに「※そう言うコイツは19歳」との補足がつく。それを見た坊主頭の先輩がゲラゲラと笑った。羽京と年長の先輩はポーカーフェイスだ。

『ねえ、玉城ちゃん。格闘家ってみんなこうなのかな』

ゲンが急に玉城に話を向けた。このなかで一番年長の玉城は、そんな奇襲にも落ち着き

はらって答えた。

『専門じゃないからわからんけど、やっぱそうなんちゃいます？　ワシらもピッチャーのモーションだの、バッターの癖だの観察しますからな。タイマンのしばき合いでも、相手の癖見て、自分の癖は隠すっちゅー技術が必要なるんちゃいますかな？』

元が話好きなのだろうか、少し喋りすぎのきらいはあるけど、緊張もしていないハキハキした受け答えだ。ゲンはこんな雑談のなかでも玉城の癖を見抜こうと目を光らせているのだろうか。

『まあその点、個人競技の人はそういうのへタクソかもしれませんな。ってあれ、ワシの横に陸上の選手が……』

おどけて足立のほうを見る玉城に、スタジオが笑いに包まれた。いきなり水を向けられた足立は『勘弁してくださいよ～』と言いながら短い髪を掻《か》いている。

『なるほどね～。じゃあ次は足立ちゃんに聞いてみよっか？　足立ちゃん、右端のカードの数字教えてくれる？』

『え、ええ……』

足立の目が泳いだ。

『右って、どっち？』

会場が先ほど以上の笑いに包まれる。

『お箸を持つほうだよ〜。ってウソウソ。「どっちから見て」ってことね。足立ちゃんから見て右の端っこだよ』

『ええと、は、８!!』

足立はしどろもどろになりながら答えた。おかげでスタジオは大いに盛り上がっているけど、それを液晶越しに眺める羽京の顔は真剣そのものだった。

「羽京、どう思う？」

年長の先輩が羽京に目配《めくば》せする。

「はい。彼のミスもわかります。除外されたカードの数字なんてとても言えませんから」

「そう、だろうな」

「え、え？　どういうことだよ、羽京」

坊主頭の先輩だけが、二人の会話についていけていない。羽京は説明を始めた。

「今の解答、その前にいろいろあって、足立選手は相当慌てた状態でした。質問に対する心構えも何もなかったでしょう。そんななかで答えをひねり出さなければいけない。普通なら自分の持ってる四つの数字は言いたくないはずですが、そんなときにとっさに頭に浮かぶ数字があります。それは……」

「余った、カードだな」

「そっか。除外されてるカードの数字は挑戦者側が把握してるから、嘘つくときに使いやすい……」

「だからこそ、言いにくいんですよ。これはチーム戦だから。除外カードはいわば共通の秘密なんです。下手にその数字を開示して、それが嘘だと見抜かれれば、最も重要な機密を敵に暴露して、他の参加者に迷惑をかけることになる」

「それはたしかに言いたくないいな……」

「一番安全なのは、他の人が持ってるであろう数字を言うことなんですが……」

「そんな余裕、あったかどうか」

ない、と見るのが正解だろう。少なくとも羽京はそう判断した。構えていたならばともかく、あの動揺した様子でそこまで頭が回りそうには見えない。というか、それほど頭の回転が速いなら、あの程度で動揺したりはしない。

ようするに、このやり取りだけで、足立は多くの足跡を残したことになる。『8』は除外カードではないだろうこと。足立の手札にある数字だろうこと。そして、おそらく右端には置かれていないだろうこと。もちろん推測の域は出ない。だけど、元々マスター側にはなんのヒントも与えられていないのだ。値千金の情報といってもいいだろう。

「しかしこうなると、除外カードというのもマスター側有利のルールに思えますね」

実質、挑戦者側の負担が増えているようなものだ。余計な情報を与えられて、自分の番以外でも他の人間が口を滑らさないか、ヒヤヒヤしなければいけない……

「そうか」

ひとり声を漏らした羽京に注目が集まった。

「マスターが有利な点をもうひとつ見つけました。マスターはひとりの挑戦者が質問に答えているときも、他の二人を観察できるんです。たとえカマが外れても、それが他の人の手札にある数字なら、その人が何らかの反応を示すかもしれない。マスターはひとつの質問で三倍以上の情報を……」

「羽京、ハマってるな」

年長の先輩が珍しく、ニヤニヤしながらからかってきた。羽京は顔を赤らめながら、前のめりになっていた姿勢を正した。

「でもよ、それならお前も似たようなことできるんじゃないか？」

黙り込んだ羽京に坊主頭の先輩が言った。

「『海自史上最高の地獄耳』だろ？　なんかこう、声色とか息づかいとかで考えてることとかわかるんじゃないのか？」

「やってみるか、1.5分隊?」

「いえ、そんな……」

ぶっちゃけ、できなくもない。

ただそれは、声の微妙な変化を把握できるというだけの話だった。たとえば、相手の声が少し上擦ったからと言って、それがどんな感情に起因するか、彼には断定できない。羽京はたしかにずば抜けた聴力を持っているけど、それはそんな万能な能力ではなかった。羽京だけど、やってみたい気持ちはある。せっかく番組が面白くなってきたところだ。羽京はさっき以上にテレビから流れる音に耳を澄ました。

ゲームはあれからいくつかのやり取りを経て、一巡目の終了に差しかかっているようだった。『じゃあ、最後に』とゲンが玉城に向き直る。

『左から二番目の数字。教えてほしいかな』

『……K《キング》。13やで』

玉城が口の端から数字を押し出す。それを聞いたゲンはしばらく考えたあと、

『へぇ~……?』

という声を絞り出した。

(あれ?)

そのやり取りから、羽京の耳が、頭が、『二つ』かすかな違和感を捉える。

「その手は、どうだろうな」

年長の先輩が苦言を呈する。「K《キング》」というのは最初にゲンが司に提示し、否定された数字だ。それをここで掘り返すのは一見良いかく乱のように見える。

ただ羽京の説に則《のっと》れば、ゲンは最初に『K《キング》』を口に出した時点で、司以外の観察をも終えている。そのときに、玉城・足立が該当カードを持っていないと判断していたなら……。玉城の解答はただの空撃ちに終わるだろう。

先輩の含む意味はこうであろうと、羽京には推測できた。だけど今の彼は、そんな憶測よりも、自分だけが得た事実に考えを囚《とら》われていた。それはさっきゲンが漏らした声についてだった。

あの「へぇ～」は今まで聞いたことのない声色だった。あさぎりゲンは羽京から見ても、実に気持ちのいい話術を駆使する人間だった。人が聞いていて心地の良い声の出し方というものを、しっかりと研究している男なんだろう。

だけどさっきの言葉には、そういった巧さはなかった。彼にとってはありえない、『他《ひと》に聞かれることを想定していない声』？　もしかしたら、あれはゲンの本心から出た声だったんじゃないか。そして……

（そして……なんだろう）

もうひとつ、『耳』以外が捉えた違和感。それが羽京自身にもわからない。

羽京がその違和感を追求している間に、一巡目が終わった。解答者であるゲンが、予想の数字を提示する。その内訳と、正誤の結果は、各人左から、

獅子王司：6・ジョーカー・3・K《キング》　↓　◯2
玉城九郎《くろう》：J《ジャック》・Q《クイーン》・7・2　↓　△1
足立颯太《そうた》：A《エース》・5・8・9　↓　◯2　△1

「おいおいおいおい」

坊主頭の先輩が心底嬉《うれ》しそうな声を出した。羽京は驚きの表情で画面を見つめている。

「これが……一巡目の数字？」

当たりすぎている。ポカをやらかした足立なんてもうほとんど丸裸だ。獅子王司も◯が二つ。これがチーム戦……一四枚のカードを三人で共有するゲームであることを考慮すると、タイマンのH&B《ヒットアンドブロー》よりもよっぽど危ない状況だ。

唯一の希望材料は玉城の△1だけだった。もしこれが全外しだったなら、一巡目に予想

した玉城の数字を他に振り分け、それ以外を玉城に集めれば、相当なアドバンテージだったろう。ゲンの洞察力なら最悪二巡目で終わっていた可能性すらある。唯一かすめた数字ひとつで、場はなんとか保っていると言える。

「な、すげーだろ!!　これがあさぎりゲンなんだよ！」

坊主頭の先輩が羽京の肩をバンバン叩く。（痛いなあ）と思いながら羽京は、先ほどからまとわりつく違和感の正体を、ずっと考えていた。


……これはテレビの録画放送を見ていた羽京たちには知りえないことだ。メンバトの収録現場では、ゲンが数字を予想するまでが本番。そのあと各挑戦者から正誤を確認し、それを集計するまでの間、出演者には小休止がとられていた。

その間玉城はいったんスタジオを離れた。足立は自分のテーブルでゴソゴソと、おそらくスマホをいじっている。獅子王司はじっと座ったままだ。

あさぎりゲンは後ろの席にいるファンに笑いかけ、話しかけ、ファンサービスに努めていた。やがて再開が近づき、全員が配置につくころ、ゲンは、椅子に戻りながら低い声でぼそっとつぶやいた。

「Dちゃ〜ん。これ、アリエナイこと起こっちゃってない？」

二巡目。獅子王司は静かに席に座ったまま、ずっとなにかを考えていた。なにか、なにか。一巡目に生まれた違和感。その正体を。努めてポーカーフェイスを維持したまま。

「さて、初参加のみんなもさっきまでので、だいたいどんなゲームかわかったと思うけど」

二巡目の開始を告げたのも、やはりゲンだった。

「二巡目からは、もっと楽しくなるんだよね〜。……どういうことかって？　それは」

ゲンが、正面の玉城を見据えた。

「玉城ちゃん。さっきの△《ブロー》って、どの数字だろ？　J《ジャック》かな？」

一直線な切り込み。ヒットとブローを得たマスターは、それを数字の予測のためではなく、他人をゆさぶる毒として利用することもできる。

ここは司も予想していたところだった。ただ玉城にとっては想定外だったのか、一瞬嫌そうな表情を浮かべる。

「ちゃんと答えないとダメだよ〜。J《ジャック》？」「ちゃいます」

「Q《クイーン》？」「……ちゃいます」

「…………７かな？」「ちゃいます」

「２だ」「ちゃいます」

一連のやり取りを終え、ゲンは楽しそうな笑みを浮かべた。

「ダメだよ玉城ちゃん、全部同じ答えは。『どれかが嘘だ』って断定できちゃうからね〜。俺が超ゴイスーな耳を持った人なら、嘘を聞き分けられて終わっちゃうしね。でもまあ」

ゲンが椅子の上で足を組み替えた。

「そんな耳なくても今のでわかっちゃったなあ。２だね。ブローしたのは」

玉城が、ポーカーフェイスを保てなくなってきている。

「玉城ちゃん、Ｊ《ジャック》のときは慌てて答えたけど、Ｑ《クイーン》のときに『否定し続けよう』って決めたでしょ。手のね、握り方でわかったんだ。

そして最後に２って言ったときに『これで安心』って表情を浮かべた。肩の力がストンと抜けてたよ。逆に言うと玉城ちゃんは最後まで肩の力を抜けなかった。それは最後の数字が一番大事だから。どう？　これでも俺、メンタリストって呼ばれてるんだけど」

司は、玉城の反応を確かめもせず、ただ正面だけを見据えていた。ここでゲンの言葉に聞き入る必要はまったくない。彼がそれらしい理屈を述べたところで、それが正しかろうと、間違っていようと、この場ではまったく意味をなさない。大事なのは数字を守ること

で、手の握り方だの肩だのに意識を割く必要はない。むしろそういう口車に乗って、答えるべき数字にまで気が回らなくなるのが一番の痛手だろう。

ただやはり違和感が残る。一巡目で感じたなにかを、司は先ほどのやり取りで再び察知していた。

玉城への攻撃を終えたゲンが今度は標的を足立に移す。彼が本当に「2」の△《ブロー》を言い当てているなら、他の数字は玉城以外が所持しているはずで、これも当然のなりゆきだろう。

「正直足立ちゃんの手札は半分以上確信してるんだよねぇ。左から三番目が『8』なのは目線でわかったし、『9』も前のラウンドで確定。だから聞きたいのはA《エース》と5のどっちを持ってるかなんだけど」

ゲンが再び足を組み替える。事実一番手札を割られている上に、この断定的な物言い。足立の顔は、一巡目以上に焦った様子を浮かべている。

「……そっか、一番左が、5だね」

もうポーカーフェイスなんてあったもんじゃない。足立が目玉をむいて驚いている。

(二択の質問が来ると緊張させておいて、まるで心を読んだみたいに初手で断定。相手の反応を引き出した……うん、役者が違う)

司は鉄面皮の裏でそう分析した。これで足立の手札はほとんど割れたも同然。今度はA《エース》

の所在を他の二人のところに求めればいい。こうも順当に進めば、やってる側としては、こんなに楽しいゲームはないだろう。

「さて、司ちゃん……」

まるで大好物を最後に取っていた子どものように、ゲンが司に挑みかかった。いや、挑むのは挑戦者たる司のほうか。あさぎりゲンはこの『メンバト』というゲームにおいて、まさしく絶対的な『支配者《マスター》』だった。

「司ちゃんは、正直正攻法で攻略できなさそうなんだよねえ……。俺がこの番組で対決したなかで、一番なんの反応も見せない。ギャンブラーの素質あるんじゃない？」

大して嬉しくもない褒め言葉でゲンがくすぐってくる。これからくる攻撃への前準備だろう。一体どんな搦《から》め手でくるのやら。司は不動の心でそれを迎え撃つ用意をした。

「でもいいのかな？　マル秘ＶＴＲが公開されても、そんなすまし顔でいられる……？」

ゲンの口と目が、いびつに歪《ゆが》んだ。

「『あの子』のこと、司ちゃんとしては、静かにしておいてあげたいところじゃないの？」

まるでＶＴＲの内容を知っているかのような物言いにスタジオがざわついた。興味半分、そして、なにか、なにか触れてはいけないものを覗き込んでいるような罪悪感を、そこにいる人間は感じていた。

会場が、妙な沈黙に包まれる。大勢の注目のもと、獅子王司は口を開いた。

「構わないよ。うん、むしろ大勢の人に見せたいぐらいだ」

それは、立派な態度だった。およそ一八歳の青年が発したとは思えないほど、まっすぐで、毅然《きぜん》とした物言い。思わず背筋が伸びるような彼の言葉に、スタジオから自然とため息が漏れる。

「……ゴイスーだね、ジーマーで」

ゲンが早々に観察を諦めて体をのけぞらす。それは誰が見ても敗者の所作で、局地戦とはいえ、この無敗の魔術師が土をなめたのは明らかだった。

(Dちゃんさぁ、これを言えば絶対崩れてくれるって言ってたけど、ダメだったね～)

天井を見上げながらゲンは考える。正直、ここまで読めない相手は初めてだった。

(ま、いっか。スタジオも盛り上がってるし……。司ちゃんの『あの子』って絶対彼女《カノジョ》だよね？　マル秘VTRなんだからすごい有名人！　司ちゃんも「大勢の人に見せたい」って言ってたからにはバイヤーな特ダネでしょ？　これは負けたらダメなやつだよね～)

ゲンが体を起こす。顔を覆っていた手から不敵な笑みがあらわれた。観客のゲンファンから黄色い歓声が上がる。もちろん、先ののけぞりからこの復活までが、一連のドラマ。人を騙《だま》すためなら悪魔に魂を売る男のパフォーマンスだった。

（ま、もともとこの番組の台本に、『負け』なんて文字は書かれてないんだけど）

絶対の自信をこれでもかと周囲にアピールしながら、ゲンは再び足元の感覚に意識を集中させた。

なにか、なにか。

二巡目が終盤に差しかかっても、西園寺羽京は違和感の正体を摑《つか》めない。

耳からの違和感は二巡目に入ってからもあった。最初の玉城とのやり取りにおいて、少し声色が変わっていた。ハイライトだった獅子王司との問答では何も感じなかった。ただゲンの称賛の声が、本物らしいということだけは察知できた。

そして、違和感はもうひとつある。これは思い返せばこのバトル全般を通じて感じていたものだった。最初は全く気づかなかったけど、視聴を続けるうちに「何かある」という疑いは、霧のように濃くなっていった。

（一体何が……）

「しかしテレビの司会ってのは、なんでこうもタメるんだ？」

考え込む羽京の横で、年長の先輩が不思議がっている。

「いや、お約束というか……あさぎりゲンはまだ短いほうですよ。この番組以外ではもっ

とペラペラ喋るし、昔やってたクイズ番組の司会者なんて……」

テレビ先輩の講釈がまた始まる。普段ならなんの興味も湧かない雑談だけど、そのときの羽京は海のなかに叩き込まれたような衝撃を感じた。

（そうか!!）

「先輩！　トランプ持ってます!?」

急に大きな声を出した羽京に、先輩は目を丸くした。「お前、ハマりすぎじゃね？」と言いながら、先輩がトランプをごそごそ取り出す。

「それで、なにすんだよ？」

「今までの経過を、全部繰り返します。このトランプで」

うえ、と先輩が声を上げた。高速で手を動かす羽京を見て、もうひとりの年長者に「マジすか？」と言いたげな顔を向ける。

「こいつは耳だけじゃ、ないからな」

年長の先輩はそんな羽京の様子を頼もしげに見つめていた。

羽京の感じていたなにかとは、ゲンの反応の遅れだった。相手との会話にたびたび入る、回線ラグのような遅延。テレビに慣れている人なら、それは司会者特有の『タメ』と解釈するだろう。だけど、この遅延には明確な法則があった。

それは、たまにする雑談の間には一度も発生しなかったということ。逆を言えば『ゲンが相手にカードの数字を尋ねたりするとき』のみ、起こっているということ。そして、そのラグは毎度毎度その長さを変えている。それが、違和感の源泉。

（やっぱり……）

今までの会話、提示された数字、予想されうる手札。その全てを総合しながら、カードを並べていくうちに、羽京はひとつの仮説に至った。

『相手の手持ちカードの数字が大きいほど、ゲンの遅延は大きい』

ここまでくれば単純な話だ。小学生にだって推測できる事実。

（あさぎりゲンは、数字をどこかから受信している……？）

耳から直接などではない。もっと原始的な信号で。たとえば振動の回数でカードの数字を知らせるような。

テレビ的なやらせ？　いや、それならこんなまどろっこしいことはしない。挑戦者もグルなら最初から仕込み放題なんだ。だとしたら、これは、挑戦者に対して一方的に仕掛けられたイカサマということになる。

羽京の同情的な目が、参加者たちを捉える。これが本当にイカサマなら、挑戦者側は必敗の道を歩んでいることになる。その一番の被害者となるのは間違いなく、ジョーカーを

持っている人物に他ならなかった。

（うん、どこかから受け取ってる、ね）

二巡目終盤の獅子王司も、イカサマの可能性にたどり着いていた。

獅子王司は、テレビの録画放送を見ていた羽京とは違い、位置《ポジション》に恵まれている。彼の席からは当然、相対するゲンの姿もよく観察できる。ゲンの返答のラグは彼も気づくところで、敵の不義を疑えたなら、他の不自然な点も直接見えてくる。

ずっと足を組みながら座っていたゲンだけど、相手に数字を尋ねるときには、必ず右足を地面につけていた。何度か足を組み替えていたけれど、その法則だけは絶対に揺らいでいない。

（靴……伝達できるとすれば、カードの数字・配置、あとはＹＥＳ・ＮＯもか……）

ラグの存在を考慮すれば、イカサマの正体は靴からの振動。ゲンの質問がトリガーとなって、彼の靴に振動が送られるのだろう。

これならＡ《いち》からＫ《じゅうさん》（ジョーカーを入れると14）までの数字を伝えられるし、「司ちゃんのＫ《キング》はどの位置かな？」という問いかけのときも、振動の回数で同様に伝達できる。「除外されたカードはＱ《クイーン》？」などの質問も、ＹＥＳなら一回、ＮＯなら二回と取り決めておけば、通達は可能だ。

配置は挑戦者しか知りえないので伝達しようがないかもしれないけど、そもそもカードを置くホルダーが番組側の用意したものだ。いくらだって仕掛けのしようがある。

（さて……どうするか）

獅子王司：Q《クイーン》・ジョーカー・4・K《キング》　↓　◯3
玉城九郎：6・3・2・A《エース》　↓　◯1　△2
足立颯太：5・J《ジャック》・8・9　↓　◯3

二巡目の結果を見ても、状況は、いかんともしがたいように思えた。

二巡目終了後の大休止。席を離れた司は通路で思案にくれていた。
もし自分の予想が当たっていたら、勝てる見込みは皆無だ。そうなるとジョーカーを持つ司は、未来のことを全国に暴露しなければならない。正々堂々の勝負の結果ならともか

く、こんなイカサマに負けて、妹のことを晒《さら》し者にするのは、とうてい納得がいかなかった。

「あれ、どしたん司くん。むつかしい顔して」

悩む司に声をかけてきたのは、通りかかった玉城だった。その後ろには、足立が青い顔をして立っている。

「いえ、今日のゲームのことで……」

司の言葉を聞いた玉城は、豪快に笑った。

「ハッハッハ!! 旗色が悪いて? みんな気にしぃやな!! 足立くんも青ざめよってからに。しゃーないしゃーない。どうせ勝てへんのやから、せめて楽しまにゃあ損やで!」

一番手札が割れていない余裕からか、玉城は意に介していないようだ。それともジョーカーを持っていないことからくる安心か。いや……

『どうせ勝てないなら』?

「玉城さん、知っていたんですか?」

司が、静かに年長者に問いかけた。

「……なにをや?」

「イカサマ」

「え、え、なにそれ？」

　足立は思いもよらないといった様子で、司の顔を見つめている。ただ玉城は、司の口から出た物騒な言葉にも動じた様子を見せなかった。

「この番組がイカサマしとるって？　司くん、対決中にそんなこと考えとったんか？　えらいなあ〜」

「冗談で言っているんじゃない」

　玉城が、周りを見回した。人気《ひとけ》は、ない。

「司くん」

　玉城が、大きなため息をついた。それはまるで聞き分けのない子どもをさとす親のような、『大人』の態度だった。

「有名やで」

　足立が、大きく口を開ける。

「ワシは球団の連中から聞いて、打ち合わせせんときに確認しとるからな。でもな、だからなんやねん」

　それは怒りというよりも、叱りというよりも、モノを教え、導くような口調だった。大上段から、世間知らずのお坊ちゃんに対して。

「テレビってそんなもんやろ。ショーやし、誰も損せえへんズルやんか。……そっか、自分ジョーカー持っとったたっけか。それでもええやん。マル秘映像言うたかて、誇張した言い方で、どうせ大したことない内容なんやろ？」

司の怒気が、膨れ上がった。それを察知した玉城が慌てて背を向ける。

「玉城さん、もうすぐ本番ですよ。どこに行くんですか？」

「すぐ戻るがな」

「タバコですか」

司の言葉に、玉城が足を止める。会ったときから、このプロアスリートからは、タバコの臭いが漂ってきていた。

「……それと香水やな」

大人は、去っていった。司はため息をつく。そばには、さらに顔色を悪くした足立が棒立ちになっていた。

「今のこと、番組側に言いますか？」

足立は大きく首を振った。口から出るのはどこか言い訳がましい言葉だった。

「た、玉城さんじゃないけどさ、別にテレビが嘘ついたってよくない？　視聴者が楽しめればいいんだからさ。司クンには気の毒だけど。それに……」

足立が大きくツバを飲み込んだ。

「オレ、もう二五歳だぜ。『神速の足』なんて言われてるけど、もうタイムも落ちてきてるんだ。引退後のことも考えないと。だからあんまり大手に悪いことなんて言えないよ。将来お世話になるかもだからさ。いい加減、大人にならなきゃと思うんだ」

そう言って足立はスタジオに足を向けた。司はその背をじっと見つめている。

……そうだった。ここには『大人』しかいなかった。守るためなら、奪うことになんの躊躇《ちゅうちょ》も持たない大人しか。司は、息苦しい廊下にひとり立っている。

「あ、あの、司クン」

いったんその場を離れた足立がなぜか再び戻ってきた。肩は小刻みに震え、先ほどから続くなにかを恐れているような態度は、ますます酷《ひど》くなっている。

「どうしたんですか」

先ほど失望したばかりの人間に、しかし司は誠実に問いかけた。それほど、足立は追い詰められているように見えた。それこそ、ジョーカーを持った司同様に。

「イカサマを見破った司クンなら、気づいてるんじゃないかと思って……」

「何を？」

思い当たる節は、ない。

「わかってないならいいんだ。それじゃあ」

再び足立は去った。遅れて、司もスタジオに向かった。

（一体どういうことだ？）

わからない。なにも。現状の打開策も、足立の憔悴《しょうすい》の理由も。それでも勝負の場には赴かなければならない。それはもはや司の格闘家としてのプライドだった。


「あ、そこはダメ!!」

女性の声に司は我に返った。足を止めて先を見ると、廊下の一部がなぜか黄色に染まっている。なにかの塗料が、ぶちまけられてしまったようだ。

「危なかったー。衣装についてないよね!?」

声をかけてくれたスタッフの女性が、司の姿を検《あらた》めた。幸い、司は色溜《いろだ》まりの一歩手前で立ち止まっていた。番組の衣装に被害はない。

（……うん、落ち着こう）

廊下に起きた異変さえ気づかないほど追い詰められていた自分に、司は驚いていた。格闘技の試合ではありえなかったことだ。こんな精神状態じゃ勝てるものも勝てなくなる。

司の目が、少し冴《さ》えた。

これは勝負。それは最初からわかっていたこと。少しルール違反をされたくらいで、思考停止に陥るなんて、どうも興行での戦いに慣れすぎていたようだ。ルールと四角いリングに守られたお上品な戦いに浸《つ》かって、肉体《からだ》の芯までふやけていたらしい。

彼自身ストリートファイトの経験もある。武器も、飛び道具も、集団も、何でもアリの世界。あの熱くひりついた感覚が再び肌に戻ってきていた。なんでも使い、何がなんでも勝たなければいけない。この悪意に満ちた、弱きを搾取する社会を体現したような番組に。

彼は自分を大人だと思ってはいない。大人になりたいとも思わない。大人とはただうつろな目で世界を受容して、その汚れた上澄みを舐《な》めるのに必死になっているだけの存在だ。世の中の構造に全力で寄りかかって、高きに安んじることばかり考える者だ。

彼は登る者。妹のミライを背負い、どこまでも登る者。この社会に、冷たい石に囲まれた牢獄《ろうごく》のようなこの世界に生きるかぎり、司はただ霧のなかを登り、挑み続ける孤独な獅子だった。

だけど、だからといって、事態が好転するわけではない。

「司ちゃんの一番左端のカードはなにかな？」

「……A《エース》、だよ」

最終ゲームは開かれた。そして、最後の手札『10』も、これで確実にバレた。このゲームの勝利に必要なのは壮大な決意ではない。強固な信念でもない。ただただ無機質なロジック、そこから導き出される有効な最善手だ。

それにはまだ、届かない。あるかどうかすら、わからない。それでも司は、保つのが難しくなってきたポーカーフェイスの下で、その頭脳を存分に働かせる。

場は、予定調和のエンディングに向けて加速していった。足立の手札は全て割れた。除外カードのひとつ、『Q《クイーン》』も暴かれた。当然だ。相手はこの場において、全てを見通す神の目を持っているも同然の存在なのだから。

ゲンが、再び玉城をターゲットにしている。もう何度目かわからない。

見る人が見れば、それはどうしようもない茶番だった。イカサマを行使する者、それを知りつつ容認する者。こんな二人の会話になんの意味があるのか。どうせ玉城の手札も、全て筒抜けなのに……

（……え？）

なにかが、また司の思考に引っかかった。それは絶壁に見えた小さな小さな足場。だけどこのゲームの全てを覆すような、そんな恐ろしいなにかだと司は直感した。

司はこれまでの過程を思い起こす。前提として、ゲンはイカサマをしている。これは玉城の言葉からも確実だろう。その具体的な方法はわからないけれど、彼は少なくとも各人の手札と配置を全て把握しているはずだった。

じゃあ、じゃあどうして、ゲンはこれほど執拗《しつよう》に玉城に絡む？

二巡目終了時点で、玉城のH&B《ヒットアンドブロー》は『○1　△2』。一番わかってないから、探ろうとしている？　それは間違いない。ではなぜ、いまだに探りが続いているのか。

番組の尺や撮れ高の問題？　たしかに三巡目まで引き延ばすためならなぶり殺しもいいとわなかっただろう。でもそれなら三巡目に入った今は、よりタレント性があり、二巡目で因縁ができた自分に集中攻撃がくるはずじゃないのか。

二巡目開始時点、ゲンは玉城の△《ブロー》を確かめるために、一巡目に予想した数字を羅列していった。イカサマが本当なら、ゲンはその時点で玉城の並びを全て把握しているはず。あのときは例のラグも一問ごとに感じられた。なにかを受信していたのは間違いない。

（いや……）

司の思考がさらに巻き戻った。そもそもなんで、一巡目で『△1』だった？　ゲンは一巡目で玉城に質問したじゃないか。

『左から二番目の数字。教えてほしいかな』

ゲンの一巡目の予想は、『J《ジャック》・Q《クイーン》・7・2』。そして結果は『△1』。かすめた数字は『2』

のはずで、左から二番目の数字を、外している。

司がたどり着いた違和感は、時間を隔てた先、西園寺羽京が最初に耳で受信した違和感と、源を同じくしていた。

あのときのゲンの意外そうな「へぇ～」という声。羽京の耳はこう感じた。『あれはゲンの本心からの声ではないか』と。羽京の得た情報が、過去に位置する司に伝わることはない。だけど、司は司にしかわかりえない事実から、真実を導き出すことができた。

(受信機の不備、じゃない。俺の記憶だと少なくとも右足は地面についていたし、そのあとのイカサマは機能しているはず。なら考えられることはひとつ……)

司はひとつの結論を導き出した。

(……うん。数字を、信じられなかった)

受信した数字が、信じられない。なぜ？　その理由は？

『イカサマを見破った司クンなら、気づいてるんじゃないかと思って……』

通路で聞いた足立の言葉を思い出したとき、司は自分の勝利を確信した。

「あさぎり、ゲン」

会場が、一瞬静まり返った。番組スタッフたちにとってもこれは不意打ちだったようで、カメラが慌てて獅子王司のほうを向いた。このゲームにおいて、挑戦者がマスターに話しかけるなんて、異例中の異例だった。

司の顔に喜色は見えない。どこまでも、ポーカーフェイス。あさぎりゲンはこの日初めて、敵に対する寒気というものを感じた。彼が何を言い出すのか、メンタリストたる彼にも全く読めない。

「どうしたの司ちゃん？　玉城ちゃんに構いすぎてるから寂しくなっちゃった？」

探るようなゲンの言葉にも、もう司は惑わされない。ただ手に握った刃《やいば》で切り込むだけ。

「俺は、持っているよ。A《エース》を。うん。……のA《エース》を」

会場がどっと沸いた。誰もがこれをブラフだと理解した。三巡目も終わろうとするときに、獅子王司から仕掛けたまさかの攻め。メンタリストに挑んだ心理戦。

あさぎりゲンも最初はそう受け取った。自身のポーカーフェイスをたのんだ最後のあがきだと。A《エース》はたしかにまだ持っている可能性がある数字だ。さっきの問答でとっさにその数字をひねり出したのは、さすがと言ったところだけど……

『……のA《エース》を』

司の口はたしかに動いていた。でも音はほとんど出ていない。ほとんど誰にも聞き取れなかっただろう。意味は通じなかっただろう。よっぽどの聴力を持っているか、ゲンのように、唇をある程度読むことのできる人間でなければ。

「あ……」

その意味が頭に届いたとき、ゲンは真顔で声を上げていた。テレビ収録を忘れ、回っているカメラの存在を放棄して、彼は思考のパズルに頭を預けた。そうして完成したパズルがボロボロと崩れ落ちたとき、今まで頭を悩ませていたあることの解決と、自身の敗北を悟った彼は、大きな声で笑った。


「ハートのA《エース》……」

本当にそう言ったかは定かではない。ただ羽京の規格外の耳は、それとしか思えない、かすかな息づかいを捉えた。

(そういえば、トランプを使っていたんだったね)

羽京は自分のベッドの上に乱雑に並べたカードを見やった。トランプを使っていたからにはマークはあるはずで、挑戦者たちに配られたのが四つのマークのうちのどれかは、現場にいる者しか知りえない。

ましてや、ゲンが本番収録前に司たちにトランプマジックを披露し、そのとき司が選んだカードが『ハートのA《エース》』だったなんてことは、羽京の知るところではなかった。

いずれにせよ、三巡目の結果で、

獅子王司：A《エース》・ジョーカー・4・K《キング》　↓　◯3
玉城九郎：6・10・2・3　↓　◯2　△1
足立颯太：5・7・8・9　↓　◯4

およそ二クールの間無敗を誇っていたゲンは全問正解ならず、司たち挑戦者に敗れた。番組は予想外の結末を迎えることになったけど、ある意味特番らしい盛り上がりと言えるかもしれない。

『いや～、最後の司ちゃんのブラフにまんまと乗せられちゃったね～。どんなに観察しても、嘘言ってるようには見えなかったもん。司ちゃん、ジーマーで嘘つきの素質あるんじ

ゃない？』

八つ当たり気味な（当然演技だろう）ゲンの言葉に、スタジオと坊主頭の先輩が笑いに包まれる。結局真相にはたどり着けなかった羽京は、トランプを片づけはじめた。

「さすがは、獅子王司だ」

若干の疑問が残る結末ではあったけど、年長の先輩もおおむね満足そうだ。

「腕っぷし最強で、頭もキレて、心理戦もできるってマジでチートっすよね」

「羽京。あの男と敵対することになったら、どうする？」

急に投げかけられた問いに、羽京は思わず顔を上げた。先輩は真面目そのものだ。

「……個人ではとても敵《かな》いません。せめて火器と……仲間があれば」

「危険は、常に想定しておけ。鍛錬は、誰かを守るためにある」

どうやらこの先輩にとって獅子王司は、憧れの存在であると同時に、想定のなかで最悪の仮想敵であるようだ。どうも複雑な胸中らしい。

司は蹴りだけでKOの山を築いて、結局足技禁止の試合しか組めなくなったほどの男だ。そんな男と相対するなんて、ただの水測員たる羽京としては、なんとしてもごめんこうむりたいところだけど……

（……せめて弓の練習だけはちゃんと続けよう。そんな原始的な状況、ないだろうけどね）

テレビでは、ゲームの敗者たるゲンの罰ゲームがおこなわれていた。それを見ながらきゃっきゃと喜ぶ坊主頭の先輩を尻目に、羽京は兜《かぶと》の緒を締め直した。

「はい、サーセン。機材のトラブルで……復旧までかなりかかりそうです。はい、はい。切断マジックの準備だけ進めときますんで、はい、サーセン」

三巡目終了後、スタジオの近くにある部屋から、必死な声が漏れ聞こえてくる。電気は落とされているが、そこは備品置き場のようだった。あちらこちらに番組用の小道具・大道具が置かれている。

平身低頭を繰り返した通話が終わったとき、パッと部屋の明かりが点《つ》いた。

「それも君のマジックかい？　あさぎりゲン」

スーツ姿の獅子王司が部屋の入り口に立っていた。視線の先、今しがた点いた照明に眩《まぶ》しそうに目を細めているのは、あさぎりゲンその人だ。

「……ADちゃんの声帯模写のこと？　これは特技。テレビでも何度か披露してるんだけどね～。ところで、こんなところまでなんの用かな？」

「君と、同じじゃないかな」

「俺のほうはADちゃんの尻拭いだけど？　思った以上に事態がこんがらがっちゃったか

らね。数字の調整とか、自分でやったほうが手っ取り早くて。ああ、それと」

トランプのデッキが、急にゲンの手のひらに現れた、ように司には見えた。

「借りたものは、ちゃんと返さないとね」

「そうだね。うん。俺も、そう思う」

一枚のカードが司のポケットから引っぱり出される。

「司ちゃん、そのカード、当ててあげようか？　ダイヤの……9♪」

当然だ、と言わんばかりに司がそれを投げてよこした。慣れた手つきでそれをキャッチしたゲンが、カードの表面を懐かしげに撫《な》でる。

「いや〜、足立ちゃんに見せてあげたマジックのせいで、こんなことになるなんてね」

「そもそも、備品のトランプを使ったのはどうしてなんだい？」

「言ったでしょ。着替えちゃってなんもネタ仕込んでなかったから、とりまここから拝借……ってあちゃ〜」

ゲンがわざとらしく自分の頭を叩いた。

「元はと言えば俺のせいだね♪」

クスリとも笑わない司を見たゲンが、肩をすくめて話しだした。

「このカード実は結構お高いんだよ？　ゲーセンのカードゲームと同じような仕組みで数

字を読み取れて……って司ちゃんわかんなそう。カードよりも格ゲーやってそうだしね」

そもそもゲームセンターに行かない。というのは置いといて、司は話の続きを促した。

「高いわりに消耗品だから……あ、何度も使うと汚れたりしちゃうでしょ？　さすがに番組が印《マーク》ついたカード使うわけにはいかないから、こうして予備もちゃんとあるわけ」

「その予備を君がマジックに使った。カードを返しそびれた足立さんはそれをポケットに入れっぱなしにして、うん、結果本番のカードと混ざってしまった……」

「そしてルール上起こりえない数字かぶりが生まれた……ってね。いや～最初ジーマーで驚いたよ。玉城ちゃんの信号、何度数え直しても足立ちゃんが持ってるはずの『9』だったからね～。『こんなのアリエナイじゃ～ん』って」

「足立さんは一巡目の終わりに気づいたそうだよ。ふと下を見たら、カードが一枚落ちていた。ホルダーにはちゃんと四枚はまっているのに。生きた心地がしなかったそうだ」

「だからあんなおどおどしてたんだね～。結局それを言い出せないままゲームは進んだ。除外カードはともかく、挑戦者の持ち札は番組側も見れないんだよね～。俺の質問にあわせてタッチパネルの数字を押せば、あとはプログラムが振動を送るだけ。スタッフは事態に気づかなかった。俺は絶対に全問正解できない。数字がかぶってるのにそんなことしたら、イカサマがバレちゃうからね。だから……」

「うん。決まっていた。この勝負、勝ったのは俺だ……と言いたかったところだけど」

司の眼光が、鋭くなった。

「ゲン、君ならいくらでも勝負のテーブルをひっくり返せるはずだ。うん。現に、さっきも裏工作に勤《いそ》しんでいた。なぜ敗北を受け入れたんだい？」

「やだな〜、俺は正々堂々が信条よ〜。そんなことしないって〜」

司が『嘘つくなよ』という顔でゲンを見る。

「……ほら、気づいてた？　俺、本番中司ちゃんにジョーカーのことだけは聞いてないんだよ。司ちゃんにだけはイカサマなしだったんだって」

「本番中は、ね。君は俺が席に向かうときにこう聞いた。『良いのを引いたか』と。『良いの』がジョーカーを表す符牒《ふちょう》だろ？　あとは俺がカードを設置したあと、ホルダーがジョーカーの配置を読み取って、その順番を信号で送ればいい」

「あちゃ〜……全部バレちゃってる」

「うん。君はキチンと『四回』、俺の手札を探っていた」

「『三回』、だよ。これはジーマーで」

ゲンが不敵な笑みを浮かべる。司にはそれが嘘をついている顔には見えなかった。

「これには、気づかなかったみたいだね〜」

ゲンが、右足を上げて、司に見せつけてくる。その靴は、部屋の照明に照らされ、鈍い光を放っていた。

「光沢が、違う。……まさか本番中に靴を替えていたのかい？」

「そゆこと♪　不幸な事故があってね～」

一体いつから？　司の頭に、ひとつの光景が浮かんだ。二巡目の直後。黄色く染まった廊下。そのなかに刻印された、ひとつの靴跡。

ゲンの三巡目は、あの活躍は、イカサマによるものではなかったのか。すでに得た情報もあったとはいえ、だ。つくづく敵に回したくない男だった。

「ね？　ホントにイカサマなしでやりたいと思ったんだって。司ちゃんの頑張りを見て、俺も心を入れ替えたんだよ～」

司が『そんなわけないだろう』という顔でゲンを見る。ゲンは諦めたように両手を上げた。

「……ズルなしでフツーに楽しめるチャンスだったし、途中からね、別に負けてもいいかなって思えたんだ。司ちゃんの恋人は気になるけど……」

「恋人？」

司が目を丸くする。

「あーあー、だいじょぶだいじょぶ。野暮なことは言わないから。とにかく、敗北もそれはそれでオイシクない？　スペシャルの特別感あるし、これでまた司ちゃんをこの番組に呼んで、『リベンジスペシャル!!』って銘打てるしね〜。……これでいい？」

司はやっと納得がいったようだった。ゲンはやれやれと首を振った。

「じゃ、俺はまだまだやることあるから。負けちゃったから罰ゲームの切断マジックがあるんだよね〜。あれって結構大変なんだよ〜」

ゲンが司のそばを横切る。見送ることもしない肩を通り過ぎたゲンは、その足を止めた。

「あ、そうそう司ちゃん」

「なんだい？」と司が振り向きもせず答えた。

「打ち上げ、来る？　ザギンでシースー」

「行かないよ」

「さみしーんだ。友だちいないでしょ？」

「うん。いないよ。俺はひとりだ」

眠り続ける未来を除いて。司はようやく、ゲンのほうに振り返った。

……司が、『君もそうなんじゃないのか』という顔でゲンを見る。

ゲンはごまかすような笑みを浮かべると、口を開いた。

「司ちゃん、俺が負けてもいいって思ったのは、司ちゃんがあんまりにも必死だったから。本当に負けたくなくて、泣いてるようにも見えたんだよね。これも、本当だよ」

そう言い残すと奇術師は、今度は本当に去っていった。

司は部屋の電気を消すと、暗いなかで大きく息を吐いた。

「これも、本当」。実に奇術師らしい、玉虫色の言い回しだ。あさぎりゲンは人を欺くのをためらわない男。印象に残るタイミングで、耳あたりのいい言葉を放っただけ……

（いや……）

司は暗闇を振り切るように首を振った。そうかもしれないけど、そうじゃないかもしれない。本当に番組の未来を見据えていたのか、本当に司に情けをかけたのか。真相はわからない。この世にハッキリ白黒つけられるものなんて、何個も存在しない。

だったら、自ら疑いの霧のなかに足を踏み入れるようなマネはしないほうがいい。

（浅霧《あさぎり》、幻《ゲン》か）

最後まで捉えようのない、黒白《こくびゃく》の男。この世の黒《クロ》と白《シロ》を行き来する稀代《きだい》のトリックスター。自分とは全く違う頂《いただき》にいるけれど、互いに極北に位置するがゆえに、おそらく孤独を分け合っている同類項。

彼のことは、生涯忘れられそうになかった。

……本当に、本当に突拍子もない話だけど、このあと数ヶ月で、人類は石化する。

文明は滅び、数千年後、世界が野生に覆われたなかで獅子王司は目覚め、紆余《うよ》曲折を経て、自分を石化から復活させた男と敵対することになる。

そいつは、気の合う男だった。しかし、かつての汚れた世界の復活を拒む司とは、絶対に相容れなかった。司は戦力としてあさぎりゲンを復活させるけれど、ゲンは司を裏切り、その男の味方になってしまう。

かくして三者は入り乱れ、結果司は敗北した。でもそのおかげで、自分には二度と手に入らないと思っていた二つのものを得た。

ひとつは、妹の未来。そしてもうひとつは……

滝の水音に混じって、誰かの話し声が聞こえる。

まるでひとり言のような、必死に誰かに語りかけているようなそれを、司は朦朧《もうろう》とする意識のなか、遠くに聞いていた。

マリオがどうとか、キノコがどうとか。意識のハッキリした状態であっても、司はよく理解できなかっただろう。テレビゲームなんて、極貧家庭に生まれ育った彼の家には縁遠いものだったからだ。

娯楽用品といえるものなんてたったひとつ。たった一冊のボロボロの絵本。妹の未来はその本が大好きで、何度も何度も、司に読み聞かせをせがんだ。

だけど『人魚姫』はよりにもよってバッドエンドを迎える作品で。妹に悲しい思いをさせたくなかった司は、それを幸せな結末に変えて未来に聞かせてあげた。

人魚姫は、王子様といつまでも幸せに暮らしました、と。

意識が戻ったのは、ほら穴の入り口で、土を削る足音が二つ発生したから。

普段なら、起き抜けの状態だろうと臨戦態勢にまで持っていける。だけど意識を取り戻した司は、もう全てを思い出していた。管槍《くだやり》にどてっ腹を貫かれた彼は、もう指一本動かす力も残っていない。ほとんど瀕死《ひんし》の状態だ。

それでも彼のなかに後悔はなかった。だってそれは妹をかばった結果。妹のミライをつなぐことはできたのだから。それに……そのあとの共闘は、実に楽しかった。

かろうじて首を動かした司の目に映ったのは、かすんで見える二つの影。可憐《かれん》な少女と、

格好からしてうさんくさい黒白の男。それは、人魚姫と悪い魔法使いのようだった。

「あれ、起きちゃった司ちゃん？　ちょうどいいや～」

およそ怪我《けが》人に対するものとは思えない陽気さで、あさぎりゲンが話しかけてきた。

「もうすぐしばしのお別れだっていうのに、家族と話せないなんて意味わかんないよね～。ってことで、未来ちゃんを連れてきたよ」

未来はゲンの陰に隠れている。……自分はよっぽど酷い顔をしているんだろうか。そう司が心配するほど、未来の目は、悲しみと不安に侵されていた。

「……彼がよく許可したね。面会謝絶だったはずだけど」

司が絞り出した声は、自分でも驚くほどかすれていた。どう聞いてもそれは末期《まつご》を迎える人の声だった。

「そこはもうほら、俺の交渉で」

座り込んだゲンがにこやかに言う。たしかにゲンの話術は大したものだけど、あの科学の申し子が簡単に折れるとも思えない。合理性のみを重んじる彼が、軽々しい口八丁に乗るはずもない。司はそのやり口に少し興味が湧いた。

「一体どんな手段を使ったんだい？」

「いや、実は普通に頼んだだけなんだけどね～。『お願い！』って」

この返答は、少なからず司を驚かせた。あのあさぎりゲンが、ただ頼んだだけ。なんの対価も提示せずに、なんの手管も使わずに。気軽に、気さくに。

それはまるで、ただの友だち同士みたいだ。

司はその言葉を喉の奥で飲み込んだ。ゲンも、あの男も、いい年して露悪家を気取っているから、こんな直接的な指摘は受けつけないだろう。

司はゲンの顔を眺めた。それはどこか晴れやかな表情だった。

あの控室で、鏡越しに初めて彼を見たときから、その顔はずっと、鏡のなかにいるような、摑みどころのなさを宿していた。でも今は違う。もしかしたら、これが司の知らなかったゲンの本当の顔なのかもしれない。

「さて、未来ちゃん。覚悟は決まった？　これからしばらく司ちゃんは氷漬けになっちゃうんだから、ちゃんと挨拶するんだよ」

ゲンは、自分の服の裾に摑まって震えている少女に優しく声をかけた。未来は、口を引き結んだまま一歩を踏み出す。

そういえば未来には自分の手術風景を見られていた。たしかにあれは、中身は六歳の少女にとって、刺激が強すぎたのかもしれない。

「じゃ、きょうだい水入らずってことで～」

手を振りながらゲンは陽気に去っていった。……さすがは元タレント。湿っぽくならないように、空気を明るくしてくれていたのだろう。

ほら穴のなかに、沈黙と滝の音が満ちた。司の胸が浅く上下する。苦しそうな兄の様子を見た未来は意を決したように口を開いた。

「兄さん……」

「未来……」

受け止める、どんな言葉も。司は最後の気力を振り絞った。

「兄さん、ぼっちなん!?」

その言葉に、司の気力はへし折られかけた。

「私な、いろんな人に話聞いてん。ゲンくんと一緒に。大樹《たいじゅ》くん・杠《ゆずりは》ちゃん・ニッキーさん・羽京くん・陽《ヨー》くん。あと……氷月《ひょうが》さんにほむらさん……」

あの二人にも……。というか、そのメンツは。

「話聞きながら気づいてんけど、みんな兄さんの裏切り者やってん〜」

妹の言葉に、存在しないはずの皮肉を感じてしまったのは、司がその事実を誰よりも重く受け止めていたからだろう。たしかに、主力級が全員敵に回って、司《つかさ》帝国は瓦解した。

でもそれは仕方のないことだ。科学王国についた彼らはちゃんと判断したんだ。より魅力的で、より眩しくて、より信じられる、ミライを。

「兄さん、友だちおらへんの？」

かつてゲンに言われた言葉が、再び目の前に現れた。実の妹に言われるとそこそこズシンと来るけど、瀕死の司は気を取り直した。

これが最後の会話になる可能性もある、なんてことを考えているわけではない。彼はただ伝えたかったのだ。

「未来、兄さんはひとりじゃないよ。うん。俺は、ひとりじゃない」

自分は、信じているんだと。彼を。石神千空《いしがみせんくう》を。

彼が必ずもたらすミライ。未来とともに過ごせる穏やかな世界を。

石神千空は崖の上に立っている。逆立った髪が風になびく。

さっきまでいたほら穴ではきょうだいが感動のご対面を果たしているだろう。お涙頂戴は全く趣味ではないので寄りつく気にならない。だけどそれなのに面会謝絶を撤回した自分が、少々腹立たしくもある。

「千空ちゃん、おまた～」

そんな彼を丸め込んだ張本人が、後ろから声をかけてきた。

「別に待ってねえよ」

「ま、そこはお約束ってことで。なに？　まだムスっとしてるの？」

「司はマジでギリギリの状態なんだよ。命の保証はできねえ。それなのに……」

「だからって、千空ちゃんが全部を背負う必要はないと思うんだけどね～」

ケッ、と千空が吐き捨てた。ゲンはそんな彼の顔をじっと眺めている。

千空は生真面目な人間だ。瀕死の司を冷凍保存して、全人類を襲った石化光線を医療に転化するまでの時間を稼ぐ、なんて難行を地道にやり遂げようとしている。こんなこと今いる人間では千空にしかなしえないだろう。

でもだからこそ、それが失敗したら『全ては自分のせい』だと思いつめているのではないか。その責任を千空ひとりに押しつけるわけにはいかない。だからゲンは、司の危篤を知りながらも、司と未来を引き合わせた。

もし失敗した場合、少しでも心残りの種を減らすために。そしてあわよくば、自分も千空の共犯になるために。

ゲンはそう考えている。そして聡《さと》い千空は『ゲンがそう思っている』ということを見抜いている。だからゲンにフォローされている自分が、情けなくて腹立たしいのだろう。なんてやりやすくて・やりにくい、楽しい相手。

ゲンは、三七〇〇年前とはまた違った笑みを浮かべながら、千空の肩を叩いた。


司は冷凍され、その意識は冷たい霧のなかに沈んでいった。それはあたかも妹のたどった運命に酷似していて、二人は幸の薄いきょうだいだと言えるかもしれない。

だけどこうも考えられる。妹が無事ミライを得たのなら、兄もまた、復活するときがくるかもしれないと。それも、妹を救ったのと同じ男の手によって。

数時間前に千空が立っていた崖の上に、今度は未来がちょこんと座っていた。地平線までも見晴らせるその場所で、彼女は赤く染まる空と森を眺めている。

「あれ、未来？　どうしたんだよ？」

そんな彼女に『現代人』の少女・スイカが声をかけた。スイカの殻をかぶった不思議な子だけど、未来は彼女と仲良くなれそうだと思っていた。

「うん。兄さん、どんな夢見てるのかなって……」

白く、冷たくなった兄の姿を思い起こし、未来は自分の腕をぎゅっと摑んだ。

「きっと未来の夢なんだよ！」

スイカは彼女を励ますように明るい声を出す。

「ミライ……。兄さん最後に言ったんよ」

「なんて？」

「『強くなれ』『千空を信じろ』……『ミライで、会おう』って」

「千空は本当にすごいんだよ!! スイカの目も良くしてくれたし、おっきいクルマも作ったし、だから、大丈夫だよ!!」

「うん、私も強くなるって、守るって兄さんと約束した……。でも、スイカちゃん」

未来が、周りを見回した。

「ミライってどこにあるんやろ？」

「……知らないけど、寝て起きたらもう明日だよ？」

「明日……」

明日では、まだ兄には会えないだろう。その次の日も、たぶんその次の日でも。何度それを繰り返したら、兄は自分に笑いかけてくれるだろうか。

ミライはその瞳には映らない。ジリジリと沈んでいく太陽の運行は、いかにも鈍《のろ》く、遅すぎるように見えた。

第2章 声はミライへ向けて

『昔むかしあるところに』

と石神百夜《いしがみびゃくや》は昼の砂浜に文字を書き始めた。日本人に生まれた者なら何度も聞いただろう、お決まりの書き出し。原稿用紙は揺れる砂、ペンはなんとそこらで拾った木の棒。なんて原始的な道具だろう。『昔むかし』よりもっと古い世界に、彼は立っていた。

物語に必要なのは、命をつなぐための方法。海を渡る技術。そして渡った先で生きていくための知恵。何より、それを試したくなるほどに、忘れられなくなるくらいに、楽しく伝える努力。そして……

「おっと……」

砂浜に書いた文字が、急に寄せてきた波にさらわれた。残ったのはただ濡《ぬ》れた砂だけだ。まるでそれは、現在の人類が置かれた状況そのものだった。

世界を包んだ謎の発光現象。まるで冗談みたいに、世界中の人間は石化した。石神百夜は宇宙にいたために難を逃れた六人のなかのひとり。人類最後の六人は降下中に起きたトラブルで、文明の中心地とはほど遠い、この離島に流れ着いた。

文明は、間違いなく滅んでいるだろう。だったらここは人類の終焉《しゅうえん》を見つめる終わりの島。いや、前向きな百夜に言わせれば、超絶ラッキーな生き残りによる、人類再興の最前線基地ということになるか。寄せる波音だって、それを楽しむ人間がいなければ奏でる甲《か》斐《い》もあるまい。いやー、俺たちだけでも生き残ってよかったな、地球。

どこまでもポジティブな百夜は、再び木の棒を地面に突き立てる……

「オジサン」

ところで急に声をかけられた。これが石化前なら七〇億からの選択肢があったけれど、この島はその一億分の一の人口すら持たない。そして石化していない人類のなかで、彼を『オジサン』なんて失礼に呼ぶこまっしゃくれはたったひとりだ。

ロシア人の宇宙飛行士・シャミール。でもその男はもう、この世にはいなかった。

「どうしたぁ、リリアン。チビたちはおねむか？」

「あれ、バレちゃった。うん、みんなグッスリ。あれじゃ夜に眠れないかも」

返ってきたのは女性の美しい声。人類最後の六人のひとり、リリアン・ワインバーグだ。

「バレるもなにも、さすがに男の声はな」

「昔は低音にも自信あったんだけどね」

元米国の歌姫が、あーあーと発声練習を繰り返す。

それは拙《つたな》いながらもハッキリとした日本語だった。シャミールは日本語では話さない。それなのにあんなバレバレのドッキリを仕掛けてきたのは、リリアンの感傷だろう。たった二人の生き残りの間で、昔の仲間の思い出を温めたかったのかもしれない。

「『む・か・し、むかし、あ・る・と・こ・ろ・に……』かな。前に言っていた小説？」

「ああ、結局日本語で作ることにした。あるアイデアもあってな」

「アイデア？」

「これは口伝させる。てか子孫には文字を残さねえかもしれねえ」

「文字を⁉　どうして？」

「まだ確定じゃないぜ。ただ、この物語を利用して、話し言葉の変化を抑えられねえかと思ってな。この物語を口伝オンリーにしてそれを話し言葉の基準にすれば、息子の千空《せんくう》が復活したとき、少なくともヤツと子孫たちとの間に言葉の壁はなくなる……」

「あはははは」

百夜の話を聞いたリリアンがお腹《なか》を抱えて笑い出す。

「お前は笑うが、前例はあるんだぜ。日本語には五十音ってのがあるだろ。でももっと昔にはそれ以上の音《おん》があったわけだ。時代が進むに連れて多くの音は失われていったが、とあるモンには昔の発音やアクセントがそのまま保存されて、伝えられていた。日本の宗教・

神道の祝詞《のりと》の一部や、仏教の声明《しょうみょう》……ようするに宗教絡みの呪文だよ。つまりな、宗教的権威ってのに紐付《ひもづ》けすれば、俺たちの音も保存できるはずなんだ。話し言葉を伝統の硬い箱のなかに厳重に封じ込めておけば、未来に千空が復活して、俺たちの子孫と喋《しゃべ》ったときでも困ることはねえ」

「笑ったのはそこじゃないわよ。あなたが、自分の息子が石化を破って、あの子たちの子孫にまでたどり着くって決めつけてるのがおかしくて……」

「なんだ、そんなことかよ」

その根拠を語るのに、音韻史のカビくさい話なんて引っ張り出す必要はなかった。

「ナメんな、俺の息子だぞ」

リリアンが苦笑する。それを呆《あき》れ顔だと解釈した百夜は、さらに熱っぽく喋り始めた。

「いやいや、いつも言ってるだろ！　千空は超スゲーんだぜ。信じられないのなら、俺と千空の親子伝記全一五章をみっちりと語って……」

リリアンは、必死で千空のすごさを語る百夜をニンマリしながら見つめていた。

百夜はいつもこの調子で、こっちがなにを言っても、押せ押せポジティブに攻めてくる。ようするに彼の世界は、他人への信頼と愛によって成り立っていて、こと息子の話になるとこの傾向がより強固なものになるのだ。

「ハイハイ。そう上手《うま》くいけばいいけどね」

「ハハハ。ま、無理なら無理で諦めるさ。さすがのあいつも言語学までかじっちゃいないだろうが、『ククク、唆《そそ》るじゃねえか』とか言ってなんとかすんだろ」

どこまでも、どこまでも息子を信じ切っている。この無限の信頼は、かつての生き残り五人にも等しく向けられていた。曲がりなりにもこの男がいるから、自分たちはこの島で団結できていたのだと、リリアンは常日頃から考えていた。

「シャミールがいたら、大反対したでしょうね。『フン、子どもに文字を伝えないなんてバカげてるよ。この親バカ！』なんて」

「かもな。だが親はバカだが、息子はスゲー。全人類のミライを任せられるほどにな」

「昔録音したレコードも、今考えてる物語の内容も、全部千空のため？」

「千空と、チビたちのミライのためさ」

百夜の構想する『百物語』。それは生きるための知恵や方法を、物語形式で子孫たちに伝えるためのものだけど、その本編にはリリアンの指摘通りの意図も存在する。

百物語の其之一《そのいち》は、『千空のいる日本を目指してほしい』という内容。そして其之百は、百夜から千空へ向けた個人的なメッセージ。私物化も甚だしいけど、そこは製作者特権ということで勘弁してもらいたい。

「最高だろ。俺の息子と俺たちの子孫が手を取り合うんだ」

この計画の行先を考えているだけで、自然と笑みがこぼれてくる。

千空は、本当に手のかからない子どもだった。小さいころから好奇心旺盛で聡明《そうめい》だったから、いつも科学の本や専門書ばかり読んでいて、百夜は彼に絵本のひとつも読んであげた記憶がない。

そんな息子が、口では嫌がりながらも、この島にたどり着くヒントを得るために、自分の遺《のこ》した『百物語』にかじりつくだろう。自分はようやく、千空に絵本を読んであげられる。それが嬉《うれ》しくてたまらない。

千空は聡《さと》い子だから、人間には、ひとりではできないことがたくさんあることを知っている。だから百夜は本当に楽しみで仕方がないのだ。石化を解いた自分の息子と、波を越えた自分たちの子孫たちが手を取り困難に立ち向かうミライが。

「……お、どうやら雨になりそうだな。チビたちのとこに戻るか」

海の向こうから迫る黒雲を認めた百夜は、それでも嬉しそうにそうつぶやいた。

「おい、もうすぐ雨が来るぞ」

旧司《つかさ》帝国跡地の広場に集まった面々に、七海《ななみ》龍水《りゅうすい》は声をかけた。

そこでは科学王国主催の青空教室が開かれていた。石神《いしがみ》村の『現代人』たちに、読み書きや簡単な計算などを教える科学学園だ。板書用の板の横には講師役の西園寺《さいおんじ》羽京《うきょう》が立っている。生徒用の机、その最前列では、受講者のひとりが口を半開きにして目を回していた。

「本当かい、龍水？　晴れてるけどな……」と羽京が目を細めて空を仰ぎ見る。

「はっはー、誰にものを言っている？　当たるんだぜ……」

「船乗りの!!　カンは!!」

龍水の決めゼリフは、羽京の正面で目を回していた上井《うえい》陽《ヨー》に奪われた。彼はそのまま荷物をまとめると、逆立った髪をトサカのように揺らしながら明後日《あさって》の方向へ駆け出す。さっきまでゾンビみたいな顔をしていたとは思えない元気さだ。龍水が首をかしげる。

「フゥン？　あれは陽じゃないか。ここは石神村の連中を教える場所じゃなかったのか？」

「講師陣の会議でいろいろ決まってね。実験的に石化からの復活者を集めてみたんだけど」

羽京が生徒たちを見回す。そこは惨憺《さんたん》たる有り様で、二〇人以上いる生徒の大半が、さっきの陽のように目を回して机に倒れ伏している。旧司帝国の面々、大木《おおき》大樹《たいじゅ》、そして獅《し》子《し》王未来《おうみらい》。元気そうなのは小川《おがわ》杠《ゆずりは》と花田仁姫《ニッキー》くらいなものだ。

板書には、手書きの三角形と、「直線上を移動する点Ｐ」に関する問題文が記されていた。

「なるほど。難しすぎた、と。フゥン、しかしあれくらい義務教育の範疇《はんちゅう》だろう」

龍水の言葉が湿気たっぷりの部屋に響いた。部屋とはいっても、ここは石の世界《ストーン・ワールド》。ほとんどほら穴と変わりはなく、龍水の予言通り降り出した秋雨の音は、扉もないこの場所にダイレクトに届いてきている。

「司帝国の復活者は、武力・体力を基準に選定されていたからね。下手に頭のいい者を復活させても、第二の千空になるだけだから」と羽京が濡れた帽子を取りながら答えた。

「獅子王司《つかさ》か。会ったことはないが、ずいぶんとケチな考え方をする男だな。進化のない世界なんて欲のない世界と同じことだ。俺ならそんなの我慢できん」

「南《みなみ》に聞かれたら、ひっぱたかれそうな評だね」

羽京がおっかなびっくり部屋の出口を見やった。一応ここは科学学園講師陣の職員室なので、司の大ファンである北東西《ほくとうざい》南が寄りつくことは少ない。

どうぞ、と白い手が龍水の前に水の入った土器を差し出した。「悪いな、ルリ」と龍水がそれを受け取る。先ほどまで机に向かってなにかをしていたルリは、長い金髪を揺らしながら二人のそばに座り込んだ。

「どうですか、龍水。海を渡る船の製造は」

「順調だ。……この雨さえなければな」

龍水が忌々しげに外を眺める。向こうでは細い糸のような雨が、思う存分に大地を濡らしている。

「青空教室もそうだけど、雨ひとつで大半の作業が中止になるなんて、復活者の僕らにとっては結構なストレスだね」

「受け入れるしかあるまい。室内でもやれることを探すさ」

「僕もカリキュラムを見直さないと。全員が大樹レベルだと考えて……」

「すみません羽京。私もはやく『こくご』や『さんすう』を覚えなければいけないのですが……」

頭を下げるルリに羽京は「まだ始めたばかりだから仕方ないよ」とフォローを入れた。

ルリがさっきまでいた机には、拙いひらがなが書かれた紙が置かれている。

本来なら生徒側の人間であるはずのルリだけど、村の巫女《みこ》として村民に百物語を教え、語り継いできた彼女は、その実績を買われて講師側に所属していた。

「しかし今日復活者だけの授業を開いたのはどういうわけだ？　本来ならルリのように、

まだ読み書きのおぼつかない者たちを優先して教えるべきだろう」

「その理由はね～、みんなミライを見据えちゃってるからだね～」

ほら穴の入り口から男の声がした。科学学園講師陣のひとり、あさぎりゲンが、濡れたメガネを袖から出した布で拭いている。

「やあ、ゲン。ここに来るのは久しぶりだね。てか」

ゲンがすちゃっとメガネをかけ直す。

「君、目悪かったっけ」

「ぜーんぜん？　これは伊達《だて》だよ」

そう言いながらメガネ男子と化したゲンが羽京の隣に座った。

「デパート千空《せんくう》で売り出したファッションアイテム……の売れ残り～」

ゲンが肩をすくめる。メガネすらロクに普及していない石の世界に、伊達メガネは最先端すぎたらしい。

「はっはー、そんなことで俺への石油代を払えるのか？」

龍水がゲンをからかうように言った。科学王国目下の大目標は、石化光線の発生源である南米の調査。そこへ行くための船の製造と、燃料である石油を、権利者であるこの龍水から買い受けるための資金調達だ。

「そこが大変なんだよね～、ジーマーで。ワンチャン、船の完成よりも難題かも」

「フゥン、ところでさっき言ってた『ミライを見据えて』とはどういう意味だ？」

「教えてあげるから石油代まけて♪」

「それで交渉のつもりか、メンタリスト？」

「ううん、ただの嫌がらせ」

「ようするに、『引き継ぎ』のためだね」

羽京が二人の軽口に割って入った。龍水は合点がいったように指をパチンと鳴らす。

「船が完成して、俺たちが出航したあとのことを見越して、というわけだな」

「そゆこと。船に全員を乗せるわけにはいかないからね～。ウチは目の前のことに夢中になっちゃう人が多いけど、将来は残った人たちだけで科学王国の施設を維持していかなきゃいけないわけ。千空ちゃんなんか絶対ここを離れちゃうわけでしょ」

ルリが胸のあたりを押さえながら言う。

「薬の作り方も覚えなくてはいけません。もしまた肺炎にかかる人が出たら、なんとしても救わなければなりませんから」

肺炎。それはかつて彼女自身が罹患《りかん》した病だ。羽京が少し声のトーンを落とす。

「冬場の暖房もそうだし、獅子王司の生命維持装置も整備しなくちゃね。それは残った人たちの大切な役目だから」

「なるほどな」と龍水は腕を組んだ。だから獅子王未来が今日の場にいたわけだ。数年間脳死状態にあったために、頭のなかは六歳ほどで止まっている。そんな彼女に『移動する点P』はまだ早いだろう。それでも彼女は兄のために頑張っている。

「そ・れ・に～、科学王国も大きくなって、拠点が増えたからね～。使える人材はいくらいても足りないわけ。そしてはい、それが俺が最近授業できなかった理由～」

少しシリアスになった空気を吹き飛ばすように、ゲンが明るい声を出した。

「拠点が増えたから忙しかった？　どういうことだい、ゲン？」

「こ・れ、作ってたのよ」

ゲンが袖から出したのは、アルミのような銀色に包まれたなにかだ。

「なんだこれは」と龍水が覗《のぞ》き込む。

「電池。マンガンね」

「懐かしいですね。『携帯電話』ですか」

「ルリちゃん正解～」とゲンが指さした。

「新しい拠点、鉱山と石油採掘所に置く無線機が完成しちゃいました～」

「そっか、もうできたんだ。これで全部の拠点に通信ができるね」

羽京が嬉しそうな声を出す。今まで旧司帝国跡地と石神村にしかなかった通信網が、これで一気に拡充することになったわけだ。

「あとは実際に配置して、テストしたら完成～」

「フゥン。ずいぶん急いだものだな。最初の構想では完成はもう少し先だと聞いていたが」

「実物の脅威ってやつが、目の前に現れたからね～」

ゲンの含むような言い方に全員が同じ単語を連想した。

『ホワイマン』

現状、科学王国の最大の敵候補にして、全人類石化事件の謎にもっとも近いところにいると推測される人物だ。たしかに彼（彼女？）の脅威が拠点に迫ったときに、その危機を知らせる手段の確保は急務だろう。

「ということは、ここから各拠点への一斉送信もテストするんだね」

「千空ちゃんはそのつもりみたいだね～。ま、テスト放送って言っても簡単に二言三言交わして終わりみたいだけど……」

「フゥン」

嘲《あざけ》るような笑いがゲンの言葉を遮った。ゲンが横目で龍水の顔をうかがう。

「……龍水ちゃん、な～んか企《たくら》んじゃってる？」

「はっはー、各地の拠点に一斉送信？　企むなというほうが無理なビジネスチャンスじゃないか。違うか、ゲン？」

ビジネス。旧七海財閥の御曹司が放った単語にゲンが嫌そうな表情を浮かべる。

「明日またここに来い。フランソワに新たな書類を届けさせるぞ」

外はいつの間にか明るくなっている。不敵な笑みを浮かべた龍水は、軽やかな足取りで青空の下に繰り出していった。


「で、上がってきたのがこれかよ」

石神千空が耳をほじりながら紙の束を眺める。表紙には『放送広告契約書』と書かれていた。中身は甲だの乙だのが連発されている、全然乙ではない無機質な書面。それを千空はスイスイ読み進めていく。完成したての無線機の横で盟友クロムやゲンが見守るなか、それを最後まで読み終えた千空は軽いため息をついた。

「ようするに、無線テストのときにレストラン・フランソワの宣伝をさせろ。電波料はたんまり払う。そのかわり今後の無線通信における広告権はウチの独占契約だ、ってことか」

ゲンが「あちゃー」と顔に手を当てた。クロムはそんな彼を見て不思議そうな表情を浮かべる。

「おぅ。金《ドラゴ》はたんまりくれるんだろ？　宣伝くらいさせりゃあいいじゃねえか」

「俺たちが金集めをしてなけりゃ、勝手にしろと言えるんだが……」

千空の言葉をゲンが引き継いだ。

「龍水ちゃんが刷った紙幣《ドラゴ》って有限でしょ？　俺たちは石油代を集めなきゃいけないから、あんまり龍水ちゃんにお金を稼がれちゃ困るのよ」

「この電波料も広告宣伝費としてのコストってことで割り切ってやがるな。石の世界唯一の無線を独占できるんだ。こんだけ俺たちに渡しても、元を取れる勝算があんだろ」

「ついでにＣＭの企画書も受け取ってるよ～」

ゲンが千空に別の書類を手渡す。千空がそれを斜めに読み上げた。

「あー、レストラン・フランソワの宣伝。レディース・デーや子ども向け商品の展開。鉱山や石油採掘所への赴任者向けに日持ちのするおいしいパンの販売。石神村への週イチ出張店舗。そこを拠点にした食品の流通などなど……」

「ここぞとばかりに展開してきたね～。さすが商売人」

ゲンが呆れた顔をする。もしこれらが実現されれば脅威だろう。龍水の付き人・フランソワの作る料理の水準は、この石の世界ではぶち抜けて高い。これで広告権まで握られては、飲食業はどう考えても独占市場まっしぐらだ。

「じゃあどうすんだ？　『お前には使わせない』って突っぱねるのか？」

「それは……ねえな」

クロムの問いに千空は頭を掻《か》きながら答えた。

無線通信は科学王国のインフラだ。それを開発者とはいえ、利益目当てに独占しようとする行為をためらったのか。もしくは、科学の恩恵には全ての人類が等しく浴すべき、という科学者としての信条が、それを許さなかったのかもしれない。

「つまり」とゲンが指を立てる。「同じくお金が欲しい俺たちも、同じ土俵に上がらざるを得ないってことだね。俺たちのわたあめやラーメンはフランソワちゃんのかしこまった料理とは競合しにくいし、ファッション用品や科学アイテムの販売って独自路線もある」

「ククク、そういうこった。どうにも後手後手だがな」

千空が企画書に挟まっていた紙を振った。千空たちが電波競争に参戦することを見越していたんだろう。書かれているのは、非独占契約になった場合の試算だ。もちろんそこではじき出されている電波料は、独占契約のときの額よりもかなり少ない。

「ゴイス～。手のひらの上ってことね……」

ゲンが両手を上げる。どうも商人とかいう人種は手強《てごわ》そうだ。

結局、龍水サイドとは非独占契約を結ぶ方向で話はまとまった。同時にデパート千空の商品宣伝も、試験放送の電波に乗せることと決まった。全人口約一五〇人の小さな王国ではあるけれど、それだけに顧客の確保は重大な課題となる。

千空とゲンの相談が終わりかけたとき、それまで頭をひねっていたクロムが、なにかを思いついたように手を叩《たた》き、大きな声を上げた。

「おぅ、ヤベー解決策思いついちまったぜ!!」

クロムは科学王国五知将に並べられる存在だ。これまでその豊かな発想力で何度となくピンチを乗り切ってきた彼の言葉に、千空とゲンが期待を込めた視線を向ける。

「紙幣が有限ってんなら、もっといっぱい刷っちまえばいいんじゃねえか!?」

千空はそのまま耳クソをほじり始めた。ゲンは開いた口がふさがらない様子だ。

まるで小学生のような発想、とは言っても貨幣経済なんて存在しなかった時代の人間なのだから仕方がない。とりあえずその場は解散となり、クロムは居残りでゲンから、紙幣を刷りすぎるとその価値が下がるという、お金の仕組みを教えてもらうことになった。

筆を持つ手が少しかじかむ季節に差しかかってきていた。じきに冬がくる。文字通りの青空教室も寒天の下では能率が落ちるだろう。『蛍雪の功』とはいうけれど、あれは屋根があるだけ恵まれていて、雪の降るなかでは書き取りなんてままならない。

だからこれからの季節、どうやって生徒たちを教えていくのか。それが科学学園講師たるルリの悩みの種だった。『宿題』という制度の話は羽京たちから聞いていたけれど、しかしこの単語を聞いたときの復活者たちの苦虫を噛《か》み潰したような顔を見るに、あまり歓迎される手段でもないらしい。

「それじゃあ、あとは未来ちゃんに教えてもらってね」

はあい、と元気な返事をしながら、授業を終えたスイカ頭の少女は元気に駆け出していった。これから友だちの獅子王未来とわたあめ屋でがんばるのだろう。全く、未来が村の子どもと仲良くなってくれて助かる……

「あ……」

スイカの姿が見えなくなって初めて、ルリは自分の物忘れに気づいた。村の子ども、絵描きのナマリについてだ。どうも学園を休みがちなので、スイカのほうから誘ってもらいたいと思っていたところなのに。

どうにも最近不注意がすぎる。それは時折胸をよぎる、かつて患った病とは全く別種の痛みが原因で、ルリはその正体に薄々気づいていた。

（またあとで誰かに伝えてもらいましょう）

そう考えながら教材を片付けていると、視界に人影が映った。顔を上げると自分とよく似た顔の少女が真正面に立っている。

「やあ、姉上」

妹のコハクだ。ルリの表情が明るくなった。

「コハク、村から帰ってきていたの」

コハクは戦闘に秀でているほかに、その視力と注意力を活《い》かして、探索班として活動することも多い。最近も、村周りの地図の作成に赴いていたはずだ。

「これからまたすぐ戻るがな。無線機を石油採掘所まで届けてくれと頼まれた。ゲンのクルマと船で移動できるだけ、楽な旅になるだろうが」

「それでも大変でしょう。気球は使えないのですか？」

「それはダメらしい。千空たちは『龍水の野郎に技術料と運送料をふんだくられるからな』などと滅法苦々しい顔で言っていたが」

ルリは先日の契約闘争を知らないので、ただ妹に不安そうな顔を向けている。

「ハ！　心配するな姉上。つい一年ほど前まで毎日温泉を大量に運んでいた体だ。そうそう疲れはしないよ」

　コハクの明るい言葉。だけどそれに反してルリは、思いつめたような表情で、いきなりコハクの手を強く握った。

「あ、姉上？」突然の接触にコハクが顔を赤らめる。

　コハクが毎日数十㎞をかけて温泉を運んだのは、姉である自分の病体を気遣ってのことだ。千空によれば、自分の命はその湯治のおかげで永らえていたらしい。本当に、この妹には感謝してもしきれない。

「ありがとう。本当に、ありがとう」

　ほとんど涙交じりのルリの言葉を聞きながら、コハクは困惑していた。ここのところずっと千空たちのような、身内に対しても淡白な人間とつるんできたおかげで、こんなストレートでウェットな謝辞はどうも馴染《なじ》まない。コハクは慌てて話題を変えた。

「あー、そういえば姉上、村の連中が寂しがっていたぞ。巫女様に会いたいって」

　その言葉を聞いて、ルリがハッと口を覆った。

「そういえばもう長く帰っていません……。百物語も語っていない。このままでは巫女としての務めが……ああでもこの学園の役にも立たなければいけないし……」

超真面目。軽い言葉から泥沼にハマっていく姉を見て、コハクがすかさずフォローを入れた。

「い、いや、そこまで深刻な話ではなくてな。ほら、忙しいなら千空に電話を貸してもらえばそれで済むわけだし……」

「……なるほど。あとで頼んでみます。ありがとう、コハク」

そう言ってルリはコハクから離れた。教材を持って帰っていくルリを見送ったコハクは、ひとり「やれやれ」と肩をすくめた。


「ああ、いいぜ」

千空の返事は実に簡潔だった。

「ククク、巫女サマは村思いなこって」

「ええと、一応千空ちゃんってまだ石神村の村長だからね」とゲンのツッコミが入る。

「今度村のみんなに広場にでも集まってもらおうかと思います。そのときに電話を貸してもらえたらと」

今度は返事すらない。千空は先ほどから忙しそうに、紙に書かれたリストを点検している。ルリは彼の沈黙を肯定だと受け取った。

「おぅ、ひさしぶりにルリの百物語が聞けんだな」

部屋にいたクロムが嬉しそうに言う。やはり石神村の者にとって、三七〇〇年伝えられてきた始祖・石神百夜の百物語は大切な聖典らしい。

「通話の音質はそんなに改善されちゃいねえ。いくらあの親父《おやじ》の与太話でも、村にとっちゃお大事なお題目だ。しっかり声を張るこったな」

息子である千空の言葉は悪ぶってはいるけど、どこかいじらしくて、ルリは思わず笑みをこぼした。

「はい。大切な伝統ですから」

「その知識でルリちゃんたちの村は生きてこれたんだもんね～。百物語ってようするに生きるための教科書でしょ？　それを電波で流すなんて、まるで教育番組みたいだね」

「キョーイクバングミ?」とクロムが首をかしげる。

「俺らの時代はね～、子ども向けの算数とか国語とかをテレビ……って言ってもわかんないか、とにかくみんな聞けるようにして流してたわけ」

「それは素晴らしいですね。それなら家でも勉強ができます」

「そうそう、小学校ズル休みしたときによくテレビで……」

ゲンの言葉が途中で止まった。なにかを考え込むような表情はすぐに消え失《う》せ、その瞳

に怪しい輝きが増す。

「千空ちゃ～ん」「なんだ、メンタリスト」

千空が間髪入れずに答えた。この悪巧みの相方がこういう目をするときは、なにかナイスアイデアを閃《ひらめ》いたときに決まっている。

「ラジオ番組、作らない？」

ゲンは、その長い袖で口を覆いながらそう言った。


「なるほど。ラジオ番組ね。全部を一緒くたにするってこと？」

科学学園の職員室で、ルリとゲンからことの顛末《てんまつ》を聞いた羽京はそう質問した。

「そゆこと～。羽京ちゃん、今の俺たちが抱える問題といえば？」

「ホワイマン」ゲンの目論見《もくろみ》とは違う答えが返ってきた。

「元自衛官の国防意識は置いといて。①石油代集め　②科学学園での教育」

「①のネックは競争相手である龍水との宣伝合戦。②は冬場の授業時間減少が痛いね」

「石神村の人たちに、百物語を届けてあげなければなりません」とルリが補足する。

「③に石神村のルリちゃんロスね。あと直近の無線テスト。各拠点に同時発信するもので、これはホワイマン関連といえるかも」

「つまり①から③の全てをラジオ番組としてまとめて、そのテスト放送に詰め込んじゃうわけか。千空の反応は？」

「『勝手にしろ。俺は無線が機能すりゃそれでいい』」

「上手いね、声帯模写」

　ゲンがしたモノマネに羽京が苦笑を浮かべる。それにしても、いかにも千空らしい言葉だ。突き詰めれば千空は科学屋で、ハードは開発するけれども、それを利用して何をなすかという方面では基本的に門外漢なのだろう。特にこういう文化的な営みでは。

「や〜、無線で宣伝っていっても、向こうのスピーカーは一個ずつなわけじゃない？　どうしよっかって思ってたけど、番組形式でいろんな企画を入れれば、いっぱい人が集まって聞いてくれるしね〜。放送自体も客席作って公開すれば、ここでの宣伝もOK！　俺、ラジオパーソナリティーもやってたし」

「さすがは芸能人」と羽京がかつて見たゲンのテレビ番組を思い出しながら言った。

　肝心の広告も、番組企画の間に挟めば無理なく流せるだろう。石神村の人々はルリ目当てで全員聞くだろうし、現代からの復活者たちも、『ラジオ』と聞けば耳を傾けるはずだ。

「みなを集めての公開放送ということで、合間に私の百物語もやらせてもらうつもりです。復活者のみなさんにとっては少し退屈かもしれませんが……」

ゲンが「大丈夫だよ～」と答える。ルリが頭を下げた。

「ありがとう、ゲン。教育放送についてもなにか考えておきます。声だけの授業なので、いつもとは勝手も違うでしょうが、これから定期的に続けたいものですから」

「それなら、それも物語風にすればいいんじゃない？」

羽京の言葉にルリが顔を向けた。

「僕らの時代の学習本とかもそういう体裁のが多かったよ。君たちの村の百物語もそこからアイデアを得ているんだと思う。知恵も知識も物語のなかに組み込めば、普通に習うよりも覚えが早い。特に子どもたちにとっては……」

ルリは、応えなかった。ただ目をつむって、なにか考えこんでいる。その様子を不思議そうにうかがう羽京の腕をゲンの肘が突《つつ》いたとき、彼は自分の浅慮に気づいた。

石神村の百物語はいわば聖書に近い、一種の宗教的権威を持った存在だ。今の自分の発言はもしかしたらそれをないがしろにするものだったのかもしれない。

「ごめ……」羽京が口を開くのと同時に、ルリは目を開いた。

「やりましょう。良《い》い考えだと思います」

それは、石神村に生まれた者にしかわからない重みを備えた声だった。

実際、ゲンと羽京の憂慮は当たらずとも遠からずといったところだった。ルリは伝統の守護者として、村の百物語にほとんど神に向けるに等しい敬意を持っている。しかし、千空が現れてのち、村に多大な恩恵をもたらした科学についても、同様の念を抱いていた。

ルリはさっきの羽京の提案を聞いて、ある閃きを得た。その根底には、このところ彼女の胸に巣くっている、とある不安の存在があった。それは『自分は千空たちの船には乗らないだろう』という一種の確信だった。

彼女はこの地に留《とど》まり、頼りになる者はみな海の向こうに旅立ってしまうというミライ。あのクロムさえも、いなくなる。そうして残された彼女は、村の伝統を守ってきただけの女は、果たしてみなを導き、今までの暮らしを維持していくことができるだろうか。

ルリの得た閃きは、そういった不安に対抗するためのものだった。それが彼女の伝統への思いと衝突したのも事実だった。だけど衝突の結果、彼女の科学に対する信頼が勝《まさ》った。

ルリが科学によって命を救われているという事実。サルファ剤によって治療された自分の命を、そして自分の生存を、涙を流して喜んでくれた人たちの思いを彼女は信じた。

だからルリは自分の閃きを肯定した。それは伝統を守る巫女としてではなく、石神村のミライを背負う女としての決意。目指すは石化の解けつつあるこの世界、そこに生きる子どもたちに伝える科学の説話の編纂《へんさん》。

百物語の先に編まれる新たな物語の語り部《べ》となるミライを、彼女はこのとき強く願った。

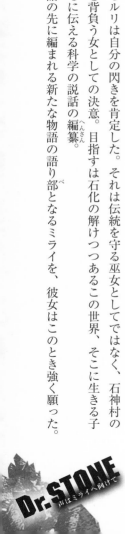

旧司帝国跡地のとあるほら穴に、三つの足音が近づいている。

軽く落ち着いたものは巫女兼女教師・ルリの足音。ペタペタ陽気なのはメンタリスト・あさぎりゲン。そして重くしっかりしているのは石神村の元門番・金狼《キンロー》だ。黒い短髪に『現代人』としては珍しくメガネをかけた青年は、丸い盾を背負い、村の巫女を守るようにその後ろをついていく。

目的地はある人物の住処《すみか》だった。番組用の新たな物語を作ると決めた科学学園講師陣だけど、誰ひとり物語の制作を手がけた経験はなく、その作業は難航していた。こればかりは千空を頼るわけにもいかず、ゲンは『プロ』に指南を乞うことを提案。その人物のもとへ、彼らは向かっている。

ルリはその人物が誰かを聞かされていない。ただ当日なぜか戦闘員である金狼が加わったことで、少し身構えてもいた。先頭のゲンはなにも言わず、ただ軽い足取りで土を踏んでいる。

ゲンたちが向かう先、『プロ』の住まいでは、二つの人影が四角い机を挟んで向かい合っていた。先客、というには様子がおかしい。この空間では先ほどから一切のやり取りがなされていない。明かりも点《つ》いていないこのほら穴には、無音の闇が満ちていた。

「まさかきみが来るとはね」

初めて、男の声が空気を震わせた。

「ぼくに『この話』を持ってくるのはあさぎりゲンか七海龍水のどっちかだと思ってたけど……。フッ、彼らもまだまだお子ちゃまってことかな」

全てを見透かしたかのような言葉に、もうひとりの人物が顔を上げる。丸まっていた背は男への敬意でまっすぐに伸び、その瞳は暗闇のなかでも爛々《らんらん》と光を放っていた。

「さ、きみの願いを言って。ぼくなら、叶《かな》えてあげられるよ」

それは悪魔の囁《ささや》き。天をつくように伸びた体が、くの字に曲げられる。

「ボクに裸のお姉ちゃんの絵を描いてください!!　基本徹夜《きのもとてつや》先生!!」

金狼の弟・銀狼《ギンロー》の魂の叫びが住居にこだました。それを聞いたマンガ家のおじさん・基本徹夜は自由の女神のようにペンを掲げる。

「オッケー！　バリバリ描くよ！　任せといて！」

「やったよぅ!!」と銀狼の快哉《かいさい》が響く。

「いやー、銀狼くんはわかってるねぇ！　この世界、エロが全然ないの！　いつだって時代を回してきたのはエロなのに!!　絵画も小説もＤＶＤもＶＲも全部、エロが燃料となってギューンと加速していったっていうのに!!　作品として出せば絶対に売れるのに、お金集めしてる人ら全然ぼくに声かけてくれないんだもん!!」

「みんな硬派ぶってるんだよぅ。ほんとは見たいくせにねー」

「わかるわかる。銀狼くん、きみとなら天下を取れる気がするよ」

「一緒にエロ産業を起こそう、先生！　エロパワーで千空も龍水もぶっ飛ばして、ボクらで大金持ちになるんだよぅ」

「銀狼、お前……」

聞き慣れた声がした。銀狼がハッと後ろを振り向くと、入り口にかけられていた布が何者かにはぎ取られ、昼日中の光がほら穴に侵入してきた。その光のなかには金狼をはじめとする三人の姿がある。

「最低すぎるぞ……」

金狼の声に、力がない。いつもならもうちょいキツめに罵倒してくるはずだけど、今日は手で顔を覆い、なんならちょっと涙声だ。よっぽど弟の痴態が涙腺に来たらしい。

「き、金狼……。ゲ！　ルリちゃんも」

銀狼にとって一番この場にいてほしくなかった人は、表情が完全に死んでいた。ただただ白い目を銀狼のほうに向けている。

「や、やあ、みんなボクと同じ用事なのかなぁ～、なんて」

ゴン、と兄からのゲンコツが洞窟内で炸裂《さくれつ》した。ギャンと悲鳴を上げた銀狼が、頭を押さえてうずくまる。その横をゲンとルリがスタスタと通り過ぎていった。

「先生～、新しいマンガの原稿を受け取りにきたんだけど～」

「できてないよ。真っ白サラサラ。ぼくはすっごく忙しくてね」

基本は悪びれもせずそう答えた。ゲンが苦笑いを浮かべる。

「え～？　さっき新しい発注受けてたじゃない」

「いいの！　そっちも締め切りなしでやる気だったから!!　石の世界万歳!!」

「なんかもうさっきからいろいろゴイスーだね」

「大人だからね。恥なんて感情、とうの昔にスポーンってどっかいっちゃったの」

そんな大人にはなりたくないな、とルリは思った。

「てことで金狼ちゃん、今日は無駄足だったみたい。ゴメンね～」

「ああ、気にするな。いい拾いものができた。さあ、銀狼、これからたっぷりと稽古をしよう。溜《た》まったものは、汗と一緒に流せばいい」

「え～やだよぅ！　金狼もほんとは見たいくせに～」

銀狼が引きずられていく。そんなバイオレンスで微笑《ほほえ》ましいきょうだいを死んだ表情で見送ったルリは、ゲンに問いかけた。

「結局、なぜ金狼がついてきていたのですか？」

「基本先生のマンガの監修～。ちょっと俺ら復活者じゃ判断しにくくてね～」

「字がね、読めないでしょ、みんな」

基本が頭を掻きながら言う。

「だから文字《サイレント》なしで描いてるんだけど、ぼくらの時代とは勝手が違ってて。一番マジメに読んでくれる現代人の金狼くんに頼んでるわけ」

「あのおカタい金狼ちゃんが面白ければ、その話は大丈夫ってワケ。マグマちゃんとかだと、すぐ夢中になっちゃうからね～」

「あのガーッて感じの一生懸命な読みっぷりは、作者冥利に尽きるけどね。まったく、悠々自適にマンガを描けるのはいいけど、文字が使えないのは辛《つら》いよ。でもね」

基本が熱っぽくあとを続ける。

「ぼくはそれをマンガの退化とは思わない。進化ってのは螺旋《らせん》の形をしててね。同じ景色がグルグル回ってるみたいでも、少しは上に進めてるはずなんだ。ぼくのなかのノウハウは無くなったわけじゃないんだから、それを使った上で、今のこの時代に合ったマンガを描けばいい。それは結構楽しい作業だ。だからぼくはこう思う。石の世界万歳！」

「もっといっぱい原稿上げてくれれば、カッコいいセリフなんだけどね～」

「締め切りなんて存在しない！　石の世界万歳！」

ルリは、両手を上げる基本徹夜の前に座ってその目を見つめた。最初のほうは『大丈夫かこいつ』的なことを思っていたけど、その印象も覆った。どこかカセキ老人にも似た職人魂も感じる。それに、彼の語った『進化』の話は、伝統の先に進もうとする彼女にとって感じ入るところがあった。

この人なら、百物語のその先について、なにか道を示してくれるかもしれない。

「それで、今日はそのノウハウを基本ちゃんに教えてもらえないかな～、って思ってね」

ゲンがこれまでの経緯を説明する。それを聞いた基本は「つまり、話作りのコツが知りたいんだね」と確認した。

「良いキャラを作れ、って昔はクドクド言われたなあ」

「キャラ？」

ルリにとっては聞き慣れない言葉だった。

「物語の登場人物のこと。まあ話聞いてるかぎり、人気取りのエンタメ作品を作る必要は

ないけど、でも受け取り手だって面白い登場人物がいたほうが楽しめるからね。子どものお勉強が目的でも、覚えておいて損はないよ」

「どっちかっていうと話の展開のさせ方とか聞きたい感じだね〜、こっちは」

「じゃあスパっと簡単なのをひとつ。『謎』を作ればいい」

今度は言葉は知っている。でもその意図は今ひとつわからない。

「物語の最初に大きな謎を提示して、クライマックスにそれをズバっと解決!! アイデアの質や情報開示のタイミング、伏線の張り方にもよるけど、とりあえずこれだけでストーリーの形はできる。具体例を挙げようか。この時代でも『桃太郎』は残ってるんだろう?」

「はい。よくご存知で」とルリが目を丸くした。

「作家だからね。さすがに市場調査はしてるよ。桃太郎は川から流れてきた桃からオギャーと生まれた。意味わかんないよね？ それをそのまま『謎』として扱えばいい。これはキャラを立てる作業にもつながるし」

「つまり、桃太郎の生まれの秘密を最後に明かせばいいということですか？」

「う〜ん、『桃太郎は鬼退治のために送り込まれた神様の使いなのだー』って感じ？」

「そうそう。他には、『実は桃太郎は鬼と人間のハーフだった！』 ババーン！」

「あ、なんかそれっぽい!!」とゲンが嬉しそうな声を出す。

「だろ？　これならクライマックスにドラマも作りやすい。『ドン！　親子対決！』とかね。『人間と鬼の間《はざま》で揺れ動く』みたいに、桃太郎のキャラ付けもできる。ただある程度先が読めちゃうから、むしろあからさまな伏線を張って期待を煽《あお》ったほうがいいかもね」

「なるほどね～」

この手の話はエンタメ時代に生きたゲンのほうが吸収しやすそうだ。ただ基本の嚙み砕いた説明のおかげで、ルリもなんとなく話の骨子の作り方を理解し始めていた。

質疑応答は続いた。基本が語ったのは細かい方法論というよりはむしろ、作品作りの心構えについてのことが多かった。そしてそれは創作初心者であるルリにとって、自分のやろうとしていることを見つめ直すいいきっかけだった。そのなかでもとりわけ次の言葉がルリの心に響いた。

「結局、受け取り手のことを、ぼくらは一番に考えなきゃいけないんだよ。この場合はそれを聞く子どもたちだね。彼らになにを思ってほしいか。きみの語る話を聞いて、どんな感情を抱いてほしいか。そこだけをギュッギュッて頭のなかでこねくり回し続けるんだ」

（……だーから、擬音語《オノマトペ》が多いんだね～）

ゲンはここにきてようやく納得を得た。ドンだのババンだの、復活したての基本はそんな口調で喋らなかった。それは、この石の世界で文字を知らない者たちに近づくための、

彼なりのアプローチなんだろう。

「ありがとうございました」

話が終わったあと、ルリは頭を深く下げた。美しい金髪がサラサラと流れる。その瞳の裏には、遠い石神村、そして子どもたちの姿が映っている。

「こっちも、ありがとうだね。ぼくなんかを石から復活させてくれて。しかも石化前に調子悪かったところもホラ！」

基本が軽快に腕を回す。

「修復効果だっけ？　本当に『ドクター・ストーン』だな。ぼくの同業者も腕だの腰だのバッキバキに悪くしてる人が多くてね。石化のせいでいろんなマンガを読めなくなったのは最悪だけど、先生方が復活したら、昔以上のポテンシャルを出せるようになる。そう考えると、ワクワクしてくるよ」

基本は目を輝かせながら言った。

「本当に最高なんだよ。映画もマンガもゲームも。千空くんたちには感謝してもしきれない」

ルリとゲンは腰を上げた。去りがたき家の敷居をまたいだとき、ルリはあることを思い出した。

「そういえば、ナマリに会ったら伝えてくれませんか」

村の不登校児のことだ。石神村の絵描きであるナマリは、古代の絵描きである基本とよく一緒にいるところを目撃されている。

「たまには学校に来てください。スイカや未来も待ってますよ、と」

承諾の返事をした基本は二人を見送ったあと、入り口の布をふたたび掛け直した。部屋に薄い暗闇が戻る。机に戻った彼は、奥の暗がりに向かって声をかけた。

「だ、そうだよ」

部屋の奥から、ひとりの子どもが這《は》い出てきた。片手にはこの時代の筆と描きかけの絵が握られている。

「子どもはみんな学校が嫌い……は言いすぎか。あそこはいい人ばかりだろう?」

片目を前髪で覆った子ども・ナマリが無言のまま大きく頷《うなず》く。

「学校なんてのは人に会いに行く場所だよ。授業が退屈なら、ずっと絵でも描いてればいい。ぼくはそうしてたなあ」

ナマリは「うー」と不満げな声を上げると、そのまま外へ飛び出していった。ナマリがなぜ学校に行かないのか、基本にはなんとなく察しがついている。

誰もいなくなった部屋で彼は机に向かった。手にペンを握り、目の前には真っ白な紙。

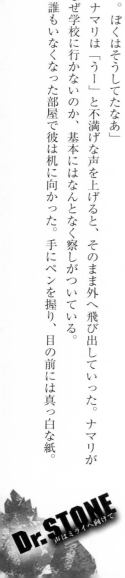

彼は二分ほどその姿勢のまま固まっていたけど、ついにはゴロンと硬い土の上に仰向《あおむ》けに寝転がってしまった。

「文字と絵、伝統と革新、か。ほんと面白い時代だな。くそぅ」

しばらくすると、ほら穴のなかは大きないびきで満たされた。


ゲンとコハクは完成した無線機二つをクルマに積んで、西へと旅立っていった。それが届けられたら、すぐテスト放送が始まる。鉱山へ向かうゲンは番組出演のために直行直帰。旧静岡県の石油採掘所まで遠出するコハクも、公開放送を見に急いで帰ってくるらしい。

物語作りはあいかわらず遅々として進んでいない。

「おぅ！　科学の部分は俺も手伝うぜ」

クロムがそう言ってくれたのはルリにとってはいろいろな意味でありがたかった。ただこれには、二人を組ませること自体を目的とした思惑が背後にあって、クロムとの相談のたびに、銀狼だの出発前のコハクだののニヤニヤが視界にチラチラ映るのは、苦笑の種となった。それでもやはり二人での作業は、子ども時代にかえったみたいで楽しかった。

「百物語の桃太郎みたいに、下敷きとなる作品があれば作りやすいんじゃないかな」

羽京の提案で、復活者に対して『なんの物語が好きだったのか』といったアンケートがおこなわれた。これはこれでルリにとって新鮮な刺激になったけど、いまいち決め手には欠けた。最後に、ルリと羽京は最年少の復活者に聞き取りをおこなった。

「え～、それなら『人魚姫』がええな～」

獅子王未来は、両手を頬に当てながら、夢見るような表情でそう答えた。

「『人魚姫』……？」

「人魚ってわかるかな。下半身が魚の尾びれみたいになってるキレイな女の子が、海で見かけた王子様に一目《ひとめ》惚《ぼ》れするんだ」

怪訝《けげん》そうなルリに、羽京が補足を入れる。

「羽京くん、私が喋る!!　そんでな、人魚姫は魔法使いに自分のきれいな声をあげて、代わりに人間にしてもらうんよ。人間になった姫は王子様に会いに行くんやけど、王子様は他の国の王女と結婚が決まってて……いしし、最後は声も戻って姫と王子は幸せに暮らすんよ～！」

「あれ、人魚姫って最後、泡になって消えるんじゃなかったっけ」

え、と未来が小さな声を発した。

「あ、ちょうどいいや。南！」羽京が近くを通りかかった女記者に声をかける。「人魚姫って最後どうなるんだっけ？」

「童話のやつ？　私が小さいころ読んだのは王子様をナイフで刺せないまま飛び降りて、なぜか天国に行く、って結末だったわね。ただそれは子ども向け絵本の脚色だったみたい。世間一般では『泡になって消える』が普通なんじゃない？」

「え、え〰〰〰〰」

獅子王未来の悲鳴が、秋の木の葉を揺らした。


「どうも獅子王司は、妹に『人魚姫』のラストを改変して読み聞かせていたみたいだね」

職員室に座り込んだ羽京が、そう言ってため息をついた。

「やっぱり司《ツカ》さん、イケメンすぎ〰〰」

南が床の上でのたうち回る。普段は気丈な女記者である彼女は、獅子王司の話題になるとなんかもうグニャグニャになる。

「霊長類最強の高校生の意外な一面……ってのは置いといて、問題は未来ちゃんが学校に顔を出さなかったことだね」

今日の青空教室を、獅子王未来は欠席していた。これは今までなかったことだ。南が慌てて体を起こす。

「で、でもそれって昨日のことのせいなの!?　たしかに記者として、子どもの夢を壊しちゃったのは悪かったと思うけど……学校は関係なくない？」

「もしかしたら未来は、『人魚姫』を自分たちきょうだいに重ねていたのかもしれません」

今まで黙っていたルリが口を開いた。南が首をひねる。

「人魚姫のハッピーエンドに、ミライの司さんとの再会を重ねてたってこと？」

「彼女の今までの頑張りは、全て兄である司のためのものと見受けられました。だから兄の語ってくれた物語の結末が嘘《うそ》だと知って、勉強の意味を見失ったのかもしれません」

「バッドエンドの存在を知って、ミライが信じられなくなった、か」

そうつぶやいた羽京は帽子を目深にかぶりなおした。

「それで、教師たる僕たちはどうする？　一応スイカちゃんが様子を見に行ってくれてはいるけど……。もうすぐ冬になって、学校自体が開けなくなる。サボった人の心理として、これ以上休んじゃうと、どんどん復帰しにくくなるよ」

「私は、物語を編みます」

そう言ったルリの目には、並々ならぬ決意が宿っていた。

『きみの物語を聞く子どもたちに、なにを思ってほしいか』

かつて基本が言ったその言葉が、ルリの胸に蘇《よみがえ》る。今までぼんやりとしていた、その問いに対する答えが、ようやく彼女のなかで確かなものとなって結実したように思えた。

「未来を説得しなくていいのかい？」

「それには私よりも適任な人がいますから」

ルリが微笑むのと同時に、部屋の入り口から軽い足音が聞こえた。全員が一斉にそちらを振り向く。

「最悪のドライブからただいま〜、ってあれ？　なんかいきなり期待の眼差《まなざ》し……」

この世の黒と白を行き来する男が、部屋の入り口で目を細める。

「なになに？　もしかしてメンタリストの出番ってワケ？」


その場所では滝の音がいつも気を紛らわせてくれた。

見えない明日も、一向にたどり着けないミライも、そこでは気にならなかった。なぜなら未来が今いる崖の上の洞窟は、彼女の兄が眠る場所だからだ。冷たい霧に沈んだ、たったひとりの家族。彼を見守り、その思い出に見守られる場所。

「兄さん……イケメンすぎるわ」

決して身内の容姿を褒めているわけではなく、昨日明かされた『人魚姫』改変についての発言なのだけど、それと知らず未来に接近していたスイカは思わずつんのめった。

「あれ、スイカちゃんやん」

「未来、司のこと大好きなんだよ」

スイカは半分呆れながら未来の横に座ろうとした、けれど、そこには先客がいる。

「ナマリもいたんだよ!?」

「うん。うちら、サボり同盟やねん」

未来の自嘲《じちょう》気味の声に反して、ナマリは元気よく「うー！」と持っていた筆を上げた。

「二人とも、学校、サボっちゃダメなんだよ」

「なんで？」

人類石化前から何度も繰り返されてきたであろう問答が、この石の時代に蘇る。

「ええと……」

三七〇〇年前でもこの問いに答えられる子どもは稀《まれ》だっただろう。案の定、スイカは初手から言葉に詰まってしまった。

「楽しいんだよ！」「わたあめ作ってるほうが楽しいわ……」

ナマリは紙をユラユラさせて、絵を描いてるほうがいいと言いたげだ。

「ルリ姉《ねえ》も来たほうがいいって言ってるし……」「なんか主体性ないなあ」

ナマリも頷いている。

「勉強！　勉強しなきゃいけないんだよ、ホラ!!」

スイカが慌てて懐からなにかを取り出す。それは科学王国が使っている紙で、中央にはたどたどしい筆跡で、「すいか」と書かれていた。

「スイカは自分の名前書けるようになったんだよ！」「私も書けるし」

ナマリはその紙をスイカから奪い取ると、スラスラと筆を走らせた。完成したのは見事なスイカの似顔絵。これなら文字なんていらないだろうと言いたげだ。

全てを論破されたスイカが肩を落としてつぶやいた。

「……なんで勉強するんだろ」

スイカ、敗れる。サボり同盟に新たなメンバーが加わった。

結局子ども同士の問答ではどうにもならなかった。子どもは子どもなりの視野しか持てない。頭脳は未発達だし、性情は未熟だ。だから真っ当な答えなんて出ないし、たとえそれを大人が大上段から誠実に教え諭しても、半分も理解できないだろう。

だったらこの問答に無理やり終止符を打つには、誠実とは別の力が必要となる。

「はぁーい。ストップストップ～。サボりはダメだよ～」

現れたのは、黒いことでも白と言い張れるような、言い負かして、言い通せるような、やり手の口達者だった。

「ゲンくん……。ゲンくんもサボりをダメだと思ってるん？」

「モチロン。ジーマーでね。学校行かなきゃダメダメ～」

嘘だ。この男は学校に行く必要なんて、子どものころから感じていなかった。ただ完璧なズル休みのメソッドを模索したり、数だけはいる人間を相手に、いかに自分の狙った効果を出せるかの実験場くらいにしか考えていなかった。

でもそれらの事実は、彼の舌から流れ出す言葉とはなんの関係性も持ってはいない。

「勉強しなきゃ大変なことになるんだから～」

「たとえば？」と未来が尋ねる。

「うーんとね、えーとね。……そう！　たとえば司ちゃんを冷凍保存しているこの装置、これは今滝の力で動いてるじゃない？」

ゲンが司の入った冷凍庫を指差す。たしかにそれはこの吹き抜けの洞窟の奥にある大滝から水を拝借して、その力で作動していた。

「じゃあもしこの滝が止まったらどうする？」

「他の滝を探す」

「うん、俺もそうするね～。それって今までの経験、過去に学んでるってことだよね。滝

があれば、この装置は動くわけだから」

「え……うん、そうやんな」

「楽でいいよね〜。昔のやり方に従うって。ご先祖様に感謝しなきゃ。でもね。じゃあもし滝なんてどこにもなかったら？」

「それは……」

「滝はあっても、そもそもこの装置が壊れてたら？　ほら、そこの歯車。これがどうしても動かない！　ってなったら……司ちゃんは死んじゃうよ？」

「い……！」

未来の目が涙でいっぱいになった。我ながらやり方があくどいな、とゲンは思う。

「千空に聞けばいいんだよ！　千空なら絶対直してくれるんだよ!!」

スイカが未来をかばうように声を上げる。

「うん。千空ちゃんならバッチシだね〜。でもそんなゴイスーな千空ちゃんも、船が完成すれば、海に出る。しばらくは帰ってこれない」

スイカも、言葉を詰まらせた。

「だったら、学ばないとね。でもなにが必要になるかわからないでしょ？　だから学校はいろんなことを教えてくれるんだよ。わかった？」

未来が小さく頷いた。

「過去のやり方も大事。それは昔の人たちが一生懸命考えたやり方だからね。でも、明日には今までなかったことが起きるかもしれない。みんな石になっちゃうなんて、誰も思ってなかったよ。だけど、そんなことも乗り越えなきゃいけない。寝て起きれば勝手に明日になる。けど、自分がなにも変わってないのなら、俺たちはいつまで経《た》ってもミライにはたどり着けないよ」

そう言うとゲンはもうひとりのほう、ナマリを見た。

「ナマリちゃんの悩みはその先だね。みんながあんな便利な文字なんてのを覚えたら、自分の唯一の特技である『絵』の価値が薄れちゃう」

ナマリは目を丸くした。この男はどうして自分の思い煩っていたことがわかるのだろう。

「でもそんなの気にしなくていいよ～。文字を覚えたからって、みんなが絵を描けるようになるわけじゃないもん。逆にナマリちゃんが文字を覚えたら、武器がひとつ増えることになる。文字ってのは絵から生まれたんだってね～。ならそれが両方使えたら、ナマリちゃんの絵ももっとゴイスーなことになるんじゃないかな～」

「うぅ……」

ナマリは身じろぎして後ろに下がった。皮膚には少し鳥肌が立っている。自分の心を的

確に言い当てるあさぎりゲンを、畏怖しているようだった。

「あらら、怖がらせちゃった……。俺は人徳ってやつが薄いからね～。じゃあ、他の人にバトンタッチしちゃおうかな～」

ゲンが明るく人差し指を立てる。

「明日、てっぺんの部屋で無線を使った催しがあってね～。ルリちゃんがそこで新しい百物語を披露するんだ。それを聞いたら、絶対学校に行きたくなるからね～」

「ほ、ほんと？」

「絶対ジーマー一〇〇億％！　間違いないから、聞きに来てね」

「わ、わかった……」

未来もナマリも、首を縦に振った。

三人は洞窟を出た。遅れて、自分の務めを果たしたゲンも陽《ひ》の光を浴びた。「見事だったよ、ゲン」と樹上から、声がかけられる。

「羽京ちゃん、あいかわらずゴイスーな耳だね～」

そこには樹《き》の枝に座って、はるかな石の世界を望む羽京がいた。

「ひとつ聞きたいんだけど、君は明日ルリが話す内容を知ってるのかい？」

「知るわけないじゃん。だって今考え中じゃない」

「だと思った。なのに勝手にハードル上げたりして」

「俺は、嘘つきだからね～」

ゲンがつぶやく。あの洞窟で子どもたちを教え諭した言葉に、どれだけの真実があったのか。それは誰にもわからない。

「いや、君は善《い》いやつだよ」

それでも、そんなゲンのことを羽京は肯定した。ゲンが難しい顔で羽京を見上げる。

「『善いやつ』ってのは『善いこと』をした人のことだろ。君は『善いこと』を言って、結果彼女たちは『善い方向』に進んだ。それがたとえ嘘でも、君は『善いやつ』だ」

「……そうなっちゃうのかな～」

遠く地平線に沈む夕日を眩《まぶ》しそうに眺めながら、ゲンは少し不満そうにそうつぶやいた。


二つの影が、茶色い土の上に長く長く伸びていた。付かず離れずの距離で歩く男女。女のほうが、男の横顔を見つめながら口を開く。

「ありがとうございました、クロム。これで明日の放送を迎えられます」

ルリの物語は、突貫作業ながら完成した。事前にクロムたちと話に組み込む学習内容を綿密に打ち合わせていたことが功を奏した形だ。

「あとは、明日の本番までに何度も練習をするだけです」

「おう。ルリなら大丈夫だろ。あんななげえ百物語を全部覚えてるしな」

「ええ、巫女ですから……？」

ルリが眼前に大柄な影を認めた。見るとルリの父・コクヨウが、落日を背負いながら立ちはだかっている。

「お父様？」

「ルリ、ワシになにか言うことがあるのではないか？」

あ、とルリが息を漏らす。彼女は元村長である自分の父に、今回の企てを一言も相談していない。曲がりなりにも、村の根幹に関わることなのに。

「おう、なんか問題あるのかよ」

クロムは喧嘩腰《けんかごし》だ。それもそのはずで、妖術使いを名乗ってひとり鉱石を集めていたころのクロムを、村の厄介者だと忌み嫌っていたのがこのコクヨウだ。村長時代の彼は、保守的で排外的な面を強く持っていた。

「貴様は黙っていろ」

「お父様、もうしわけありません!!」

ルリが必死な声で叫ぶ。

「今回のこと、けっして百物語をないがしろにするものではないのです！　ただ私は村のこれからを……」

「ワシは、文字というものを覚える気はない」

ルリが口を手で覆う。クロムが眉をひそめる。それは村の発展に対して「NO」を突きつけているように聞こえた。

「もう年なのか、どうも覚えが悪くてな」

「え？」とルリの肩から力が抜けた。

「他の老人たちもそうだろう。若い連中とつるんでいるカセキ以外はな。しかしお前たち若者には、ミライがある。この世界が石化から解ける日が来ても、石神の民は生きていかなければならんしな」

「それじゃあ……」

「ルリ、ワシはお前の病気が治ったとき、本当に感謝した。千空と、科学にな。科学がワシやお前のような者の苦しみを癒やすためにあるのなら、それを学べ。ワシら年寄りとは違う道でも、迷うことなく進むがいい」

はい、とルリは力強く返事をした。その目には光るものも宿っていた。

「ただ」とコクヨウがそっぽを向く。「少しは父に相談してくれてもいいじゃないか」

ルリは子どものような笑みを浮かべた。

「ごめんなさい、お父様。お詫《わ》びに今度フランソワさんのレストランで美味《おい》しい料理を食べましょう。コハクと一緒に、家族で、お母様の話をしながら」

「ルリ……」

袖で湿った目を拭ったコクヨウは、いきなりクロムのほうを向いた。

「貴様は同席させないからな！　クロム！」

「わかってるよ。家族で、って言ってたじゃねえか」

「貴様、ルリのことなどどうでもいいというのか!!」

「そんなこと言ってねえだろ!?　なんでそうなるんだよ!!」

「あ、あのお父様落ち着いて……」

夕日の光以外のもので頬を染めたルリが父をいさめる。しばらく鼻息を荒くしていたコクヨウは、息を落ち着かせながら言った。

「明日を楽しみにしてるぞ」

そう言いながら、彼は夕日に向かって去っていった。ただそれは、落日すら突き破りそうなほど、堂々たる足取りだった。ルリは誇らしい気持ちで、父の姿を見送った。

電波が飛ぶ、という目に見えない実際を、石神村の人たちは実のところ全く理解していない。いや、現代から復活した者たちの大半もそうだろう。三七〇〇年前だって、テレビやラジオの仕組みを答えられる人間はそういなかった。

だからラジオの公開放送を待ちわびている彼らは、目に見えるものだけで『今日は大丈夫そうだ』と勝手に判断した。鳥があんな気持ちよく飛ぶのなら、電波だってそうだろうと。この日は、そんな楽観を肯定するほどの、冬らしい透き通った日和だった。

だけど放送開始約一時間前、そんな浅慮をあざ笑うようにトラブルは起こった。

「石神村から連絡が来ねえ？」

旧司帝国跡地の集落のてっぺんに建てられたやぐらでは、クロムやカセキの科学班、そして体力担当の大樹らが番組のための設営にわちゃわちゃ奮闘している。はるか富士山まで見渡せるその高所で、無線機を調整していた千空は、ゲンの報告に表情を歪《ゆが》ませた。

「みたいね～。向こうから連絡が来てるはずなんだけど」

「うんともすんとも言ってねえな」

試しに千空が無線を石神村に向けて飛ばす。だけど返事はいつまで経っても来ない。

「鉱山にも、石油採掘所にも届きやがる。原因は石神村の無線機だな。単純に電池切れか、今回のために新調した部分が悪さしてんのか……」

「あと一時間くらいで本番なんだけどね～」

時計もない石の世界だから、放送開始はちょうど日の入りと決めてある。一日の労働を終え、夜寝る前の楽しみ、となるはずだった。

「どうした千空⁉　修理が必要なら、俺が石神村まで走るぞ‼」

そばで設営を手伝っていた大樹が、大声を出す。その大きな体を石神村のほうに向けて、今にも駆け出しそうだ。

「落ち着けデカブツ。テメーの足でも石神村まで五時間はかかるんだ。それにテメーの雑頭じゃ修理なんてできねーだろ」

「それもそうだー‼」

「クルマ使っても放送時間に間に合わせるのは絶対リームーだね」

「一斉送信のテストだから『石神村だけ省く』はねえぞ」

「となると中止、が普通だよね～」

ゲンが、マイクの前で物語の復唱をしているルリを見た。彼女は小さく首を振る。ゲンの頭のなかに昨日の子どもたちとの約束が浮かんだ。

「ん～。俺は嘘つきだけど、つまんない嘘はつきたくないな～」

「あ？」と千空が首をひねった。

「石神村までソッコーで向かう。番組は予定通り始めて、その間に向こうの修理をソッコーで終わらせる。放送中に石神村も受信ＯＫ。万々歳！　これでよくない？」

「わかってんのか、ゲン？　この番組の放送時間は、長くても一時間半だ。今本番開始だいたい一時間前で、この世界で今一番速い乗り物使っても、村まで二時間」

「その乗り物は気球。運転できるのは……龍水ちゃんだけだね」

ゲンが頭を掻いた。正直な話、また龍水に借りを作り、足元を見られるのは、科学王国の財布的にあまりいい判断とは言えない。

「それでも」とゲンが口を開いたのと同時に、「おい、準備はまだか」とやぐらの下から声がかかる。見ると龍水とフランソワの主従が揃《そろ》って下で待機していた。

「それなんだけどね～、龍水ちゃん。今ちょっとトラブルがあって……」

「それは聞いている。石神村の無線機の件だろう。もし修理に向かうなら早く準備しろ。放送に間に合わせなければいけないからな。フゥン、それともなにか？　中止にする相談でもしてたのか？」

龍水はニヤリと笑いながら言った。

「そうはいかんぞ。レストラン・フランソワの新展開はもう明日から開始予定なんだ。今日広告をうたないと意味がない。運搬費はまけておいてやる」

「え？　え？　ジーマーで？」

「はっはー、ひとつ言っておいてやろう。三七〇〇年ぶりのラジオ放送なんてイベント、楽しみにしていたのは貴様らだけではないのだ。ケチくさいことを考えてないで、いいから早く降りてこい」

「こういう流れもあろうかと、気球の準備はできております。すぐにでも飛び立てるかと」

フランソワが頭を下げる。本当に、味方ならここまで頼もしい主従もいない。

「じゃあ、千空ちゃんも一緒に……って番組に出るんだっけ？　じゃあええと」

慌てて辺りを見回すゲンの横で、カセキが手を挙げた。

「ゲン、石神村にはワシが行くよ。修理ができたら、久しぶりの百物語を聞きながら、ふるさとの魚料理でも食べちゃったりしようかのぉ」

カセキがルリを横目に見る。ルリは「お気をつけて」と微笑んだ。

若干の修理道具と、石神村の老人を乗せた気球は、朱に染まりつつある空を悠然と泳いでいく。ルリは、やぐらの上でそれを見送りながら、自分の考えた物語を何度も口のなかで繰り返していた。

『ウェイヨー!!　待たせたな、お前ら!!　第一回ストーン・ラジオ!!　通称「石ラジ」!　司会のＤＪ陽だ!』

『同じくパーソナリティのあさぎりゲンだよ～。いや～久しぶりね、この感じ』


予定から遅れること一五分。ついに石の世界初のラジオ放送が始まった。やぐらに集った二〇人からのギャラリーの歓声だの、いつの間にか配られた鳴り物の音だの、マイクから聞こえる鉱山や石油採掘所の野郎どもの怒号だのが、それを歓迎する。

パーソナリティは、唯一のラジオ経験者であるゲンと、『なんか陽キャだしずっと喋れそう』との理由で抜擢《ばってき》された上井陽だ。他のメンツはこれからの企画で適宜出演することになっている。


『ところで陽ちゃん、石ラジっていつ決まったの?　俺、初耳なんだけど』

『さっき勝手に決めたぜ!!　名前はあったほうが絶対《ぜってー》いいだろ!?』

『暫定ってことね～。でもたしかに名前は必要だね。第二回とかがあるなら、それまでに募集するのも面白いかも。ハイ、てことで突発企画!　このラジオのタイトル募集!』

『ウェ〜〜〜〜イ!!』

『みんなからこの放送の呼び名を募集するよ。もし採用されたら……なんかあげちゃおっか！　宛先は「科学王国　ラジオ名募集」。ラジオネームを添えて送ってね。今度ポストも設置しとくから』

『マグマみたいに字書けない原始人くんはどうすんだよ』（観客席から名指しでディスられたマグマの怒声が上がる）

『ハイハイ。字を書けない人は、俺とかに口頭で伝えてくれてＯＫだよ〜。代筆を頼むのもいいかもね〜。仲良くいきましょ〜』

「なんか、懐かしいね」と観客の杠が、隣の大樹に話しかけた。

「杠は裁縫のときによくラジオを流してたな！」

「うん。音があるって、誰かの声が聞けるってことだけで、すごく励まされてたんだなって、この時代で針を使うときずっと思ってたんだ。だからまたこういうのが聞けて嬉しい」

杠のそばに座っていたニッキーが瞳をうるませながら頷いた。

『最初のコーナーはお決まりの「ふつおた」だ!!』

『わからない人多いだろうから説明すると、「普通のお便り」のことね。質問とかを投稿して、司会がそれに答える定番コーナーだよ』

『早速何通か手紙が届いてるぜぇ!!』

『初回なのになぜかメールが来てるのもお約束～』

『記念すべき最初のお便りは、RN《ラジオネーム》「メンタリスト」さん!!』

『いったい誰だろうね～』

『「千空ちゃんの髪ってなんであんなツンツンなの?」確かに不思議だよな!』

『陽ちゃんも人のこと言えなくない? じゃあ本人に答えてもらいましょ～』

『あー。狭《せ》めーなやっぱ。集音マイクの調子はどうだ? ちゃんと向こうに聞こえてんのかよ。……わかったわかったうるせえなテメーら。大丈夫ってことだな。髪のことだが、これはくせ毛だ』

『ありがと～、千空ちゃん。これ、声だけの人はわからないだろうけど、マイクの性能的に結構ギリギリで俺らくっついてるからね。あったかくていいけど』

『収録風景を想像しながらってのも、ラジオの醍醐味《だいごみ》だな。次のお便り!「妖術使い改め科学使い@素材王」さん』

『これ名前バレバレにしないといけない決まりでもあるの?』

『「ずっと考えてたんだけどよ、俺が司から滝に落とされたとき、羽京が弓射って助けてくれたじゃねえか。あの矢、よく折れなかったよな。どんな素材で出来てんだよあれ」ああ、俺も遠巻きに見てたわ』

『ちょっと話題がニッチすぎるね～……まあいいや、羽京ちゃん』

『あれは、すごく堅くてすごくしなやかな木だよ』

『ありがと～。だよね～、植物の名前なんて俺ら知らないもんね～』

『次！　RN《ラジオネーム》「この国、声大きい人多いけど、あまり近くで叫ばないでほしい」さん』

『耳の良い人は大変だね～』

『「石化前、ゲンと司がカードゲームで対決する番組を見たんだけど、あれはどう考えてもゲン側がイカサマをしていたと思うんだ。真相を教えてくれないか？」ウェイ!?　あれイカサマだったのか？』

『ん～。まずは番組見てくれてありがとう。もう時効っちゃ時効なんだけど、ま、正解はヒミツってことで。どうしても知りたいなら個別に俺に聞きにきてね、羽京ちゃん』

『俺も知りたいわ～それ。次のお便りは「ニッキーのニキは兄貴のニキじゃないからね」さんからだぜ』

『乙女心にはちゃんと気づいてあげなきゃダメだよ～』

『「千空！　あんたリリアンの歌を永久保存するって約束したけど、ちゃんとやってるのかい？」だそうだが、リリアンってあの洋楽の歌手か？』

『個人宛ての質問多すぎない？　賑《にぎ》やかしでいいから適当に書いてとは言ったけどさ。まあいいや、千空ちゃん？』

『科学王国の技術レベルがまだ足りてねえ。ただ約束は絶対守るから心配すんな』

『はい、ってことで聞いたことない人に朗報だよ〜。今日は特別に、今話題になった俺らの時代の歌姫リリアン・ワインバーグちゃんの未発表曲を、なんとフルで流しちゃいます！』

『ウェ――イ!!　音楽流すとか、超ラジオ番組っぽいじゃねえか！』

『曲名は、伝わってないんだよね〜。まあ「名無し《ネームレス》」ってことで、どうぞ』


千空の父親が遺したレコードに、針が落とされる。三七〇〇年前の歌声が石の世界に広がっていく。それは人類の石化を目の当たりにした人間が作ったとは思えないほど希望に満ちた曲で、美しく伸びやかな歌声は、言葉の壁や音質の悪さをものともしないパワーを持っていた。

初めはみんなそれに神妙に聞き入っていた。だけど、それも途中までのことだった。音楽の持つ力が、どうしても聞く人の体を揺さぶっていく。

クロムが立ち上がってノリノリで楽器の弾きマネを披露する。コハクが手拍子を刻み始めると、それはさざなみのように広がって、いつしか大きな手拍子が、暗くなった空に響き渡る。しまいにはみんな、腕を振って、体を揺らして、声を上げ始める。リリアンの大ファンであるニッキーの顔はもう涙でグチャグチャだ。

鉱山も、石油採掘所も東には負けてられないと大盛り上がりだ。ルリはそんなバカ騒ぎに微笑みながら、西の空に目を向けた。石神村からの連絡は、まだ来ない。

お便りコーナーが終わっても、番組はまだまだ続いた。参加型科学クイズのコーナーは、向こうからの声も届くこの番組ならではの企画だった。
ある意味この放送の発端でもある商品宣伝も、間に挟まるＣＭではなく、通販番組のようなガッツリ目の尺が割り当てられていた。司会のゲンがただ商品を説明するだけかと思いきや、鉱山に派遣された国民が、自分が買った懐中電灯や作業靴などの使用感をいきなり語り始めたので、一部の人間は苦笑いを禁じ得なかった。
「ククク、完全にサクラじゃねえか、あのインチキマジシャン。鉱山に無線機置いていったときに仕込んでやがったな」
「ほんと抜け目ないね。あ、今品薄を煽ってる。サクラ商法に品薄商法。これ、ちゃんとした決まりを作らないと、そのうちムチャクチャしだすんじゃないの、彼」

千空と羽京がやれやれと目を見合わせる。

悪徳商法ギリギリの宣伝も終わり、またMCが始まる。放送開始からもう一時間以上が過ぎていた。

（石神村は……）

ルリが祈るように手を合わせる。そのとき、回線に謎のノイズが割り込んできた。

『ホワイマン』

千空たちの頭にその名前が横切る。だけどマイクから聞こえてきた声は、彼らの予想とは違っていた。

『オホー!! 繋《つな》がったみたい。千空～、ゲン、聞こえちゃってる～? 石神村、遅ればせながら復旧完了じゃよ～』

カセキと、石神村の人々の懐かしい声。ルリが目を輝かせた。

『はっはー!! まだ宴《うたげ》は続いてるんだろうな、貴様ら!! ゲン、さっさとレストラン・フランソワの宣伝を流せ!! 村民は百物語に飢えているぞ』

「オッケー、龍水ちゃん! あ、今からレコードで録音流すけど、さっきリリアンちゃんの歌でも使ったこのレコード再生機。デパート千空にて受注生産承ってるからね～」

『俺のＣＭに自分の宣伝をかぶせるとは太いヤツだ。いいからさっさと流せ。それと今言った一式、発注してやるから作っておけ』

事前に用意しておいた宣伝用の音源が流れ始めた。レストランのＣＭだけあって、それは食欲を唆《そそ》られるもので、日も沈みきった時間帯もあいまって、一部食いしん坊たちの腹の虫を大きく騒がせた。

陽気な宣伝とグーグーという音が散発的に聞こえるなかで、ルリはひとり目を閉じていた。ゲンからは、この宣伝が終わったあとに百物語を、という合図が出ている。いよいよ自分の出番が来る。伝統からはみ出た第一歩。ミライへの挑戦状。それを故郷に向けて、新しく出会った人々に対して語りかける。

その瞳の裏には、どこかの砂浜、そこに寄せては返っていく白波が映っていた。

自分の出番を終えたゲンは、脇に退《ど》きながら、出演者と観客を隔てている柵の向こうを見やった。そこには未来・スイカ・ナマリのサボり同盟が座っている。目をキラキラさせながら次の企画を待っている彼女たちを見て、ゲンは薄く微笑んだ。どうやら昨日の約束

は、見事嘘から出た真《まこと》になりおおせたらしい。

途中のクイズ企画はゲンの発案だった。結果、ルリの出番を待たずして、子どもたちは知ることの楽しさを知った。ラジオ番組という新しい刺激を受けて、その世界はちゃんと広がったようだ。

広いとわかれば、知りたくなる。知らないことを覚えたくなる。そのために、学校にも行きたくなる。未知のものに対する探求欲・知識欲は、本来人間に備わっているもので、知ることの快感さえ覚えれば、子どもたちは風のように駆けていく。

ナマリがゲンの視線に気づく。その瞳にはかつての畏怖ではなく、親しみが宿っていた。良かった。本当に良かった。ゲンは口元を緩めた。いかな露悪家メンタリストでも、子どもに怖がられるよりは、笑いかけられたほうがいいに決まっている。

（でも……）

ゲンの緩んだ口元が、緊張感を取り戻す。まだだ。獅子王未来。彼女の抱える不安だけはまだ解決していない。

（ルリちゃん。頼んだよ、ジーマーで）

ゲンは同僚に後を託して、腰を下ろした。

「なんか食べたいなあ」

柵の外側で、友だちのスイカ・ナマリとラジオ放送を見物していた未来がそうつぶやいた。さっきから美味しそうな話ばかり聞こえてくるものだから、お腹が空《す》いてたまらない。

「サガラにも会いたいし、今度学校帰りに、みんなでレストランに行くんだよ！」

スイカの誘いにナマリが興奮気味に賛成の意を示す。

未来も笑いながらスイカとナマリに賛同した。石の世界で出会った大切な友人たち。楽しいことも、美味しいものも、分かち合える仲間。彼女たちは今『知ることの楽しさ』をも共有して、親友兼学友になった。もう未来も『学校に行きたくない』なんて思わない。彼女たちと学び、そして眺める世界はどんなに輝いているだろう。

「私な、フランソワさんのところで絶対に食べたいもんがあって……」

「あ、百物語が始まるんだよ!!」

自分の言葉が遮られた瞬間、未来の胸を冷たいなにかが横切った。それが決して意地悪でもなんでもないことを理解しながら彼女は、まるで無視された人のようにその動きを止めた。他の二人は百物語を待っている。その様《さま》に、熱の入れように、石神の民ではない未来はついていけなかった。

三人のなかで唯一の、三七〇〇年前からの旅人。その孤独は、心の霧はまだ晴れない。

未来は石神の民ではなく、そしてスイカたちには冷凍睡眠に追いやられた兄なんていない。兄との思い出だけは、彼女たちと共有できない。

結局、彼女の心の芯にあったのは、兄が読み聞かせてくれた物語のハッピーエンドだった。その幸せな思い出があるから、自分が病気のときも、兄が冷たい眠りについたときも、ミライを信じられた。

でも今その芯は失われている。ドーナッツのようにポッカリ空いた心の真ん中は、何を食べたら満たされるだろうか。

ルリがマイクの前に立つのを見て、スイカが嬉しそうに笑う。ナマリもワクワクしている。やはり石神村の者にとって百物語は特別。だけど未来は……。ルリの声が響く。

『本日はこの場をお借りさせていただいて、ありがとうございます。これから始めるのは、石神村の大事な伝統、百物語。これは村の始祖・石神百夜が子孫に向けて、生きるための知恵・知識を物語の形で網羅したものです。そしてそれは息子である千空と、私たち子孫を引き合わせるためのものでもありました。今私たちがこうしてひとつ処《ところ》に集っているのは、まさしく始祖・百夜の導きで、私はこれを大変嬉しく思います。

しかしこれから語るのは、今までの百物語ではありません。百物語の其之百は、百夜が千空に向けた個人的なメッセージ。なら物語を通して親子の再会が果たされた今、この石化の解けつつある世界で、語るべきものはなんなのか、私なりに考えた結果です。これは、子どもたちに伝える知恵、より良いミライを生きるために共有すべき物語。その名は』

スゥ、と息を吸う音が聞こえる。

『千夜物語……「人魚姫」』

未来の目が、大きく見開かれた。

『昔むかしあるところに』

という出だしで、物語は始まった。

この言葉を聞いたとき、その場にいた復活者の誰もが、一抹の寂寥《せきりよう》を胸に宿した。遠い遠い過去、読み聞かせてくれた家族の優しい声。カラフルで、綺麗《きれい》で、何度開いても飽きなかった絵本。古いけれど大事な思い出が、心のなかに蘇る。

『あるところに、とても頭のいい王子様がいました。ただの王子様ではありません。彼はいろんなものを混ぜ合わせて、たくさんのお薬を作ります。それは国のどんなお医者さんが作る薬よりもよく効いて、国の人たちが風邪をひいていてもたちどころに治ってしまうのでした』

バっとその場にいた全員が、モデルと思われる人物のほうを見た。当の千空はうっとう

しそうに周りの視線を手で追っ払っている。

『ある日、王子様の病院に、たいそう美しい女の子が訪れました。王子様はその子に尋ねます。「どこが悪いんだい?」女の子は答えません。王子様がなにを聞いても、彼女は手を動かしたり、首を振ったりするだけ。しばらくしてから王子様は気づきました。「もしかして君は、声が出せないのかい?」女の子は大きく頷きました』

ああ、と復活者の一部は理解した。この女の子が人間になるかわりに声を失った人魚姫で、ようするにこれは話の順番を意図的に入れ替えているんだと。原作を知らない石神村の人たちは熱心に聞き入っている。

物語は続く。王子は人魚姫の声を取り戻すため、彼女と薬を作る旅に出た。川のなかで一生懸命黒い鉱物をさらったり、山で拾った石から透明な器を作り出したり、時には毒の霧に立ち向かったり。薬に必要な材料を集めながら、二人の心は近づいていく。

コハクは姉の声を聞きながら、ほんの一年前の自分たちの冒険を思い返していた。それはまさしく自分たちが千空とおこなったサルファ剤作りの道程だ。話のわかりやすさは監修していたクロムのおかげだろう。それは百物語の精神に則《のっと》った知識の伝承。でもそれ以上にコハクにとっては、ただただ懐かしい過去の旅路だった。

やがて二人は声を取り戻す薬を完成させる。だけどそれは新たな悲劇の始まりだった。

『薬を飲んだ女の子は「王子様」と、とても美しい声で言いました。王子様は「やった。成功だ」と喜びました。だけど女の子は辛そうな表情。彼女は急にそばにあった湖に飛び込んでしまいます。驚いた王子様が湖に駆け寄ると、女の子が水から顔を出しました。「よかった」と王子様は言いました。けれどよく見ると、女の子のお腹から下は魚のようになっていたのです』

女の子は語る。自分は海からやってきた人魚の姫。かつて海で溺れていたあなたを助けて以来、あなたに会いたくて声と引き換えに人間になったのだと。

王子は思い出す。小さいときに自分を助けてくれた子どもの人魚、それが君だったのか。ぼくは君に救われたことがきっかけで、人を助けるお医者さんになったんだ。

人魚姫は言う。私を人間にしてくれた魔女は、同時に呪いもかけていました。お前から取った声がお前のところに戻るようなことがあれば、お前は泡になってしまうよ、と。

王子様は、どうして、と叫ぶ。それなら、どうして君はぼくと一緒に薬を作ったんだ。どうして薬を飲んだんだ。

『人魚姫は言いました。「私はあなたに伝えたかったのです。私の一番美しい部分《こえ》で、あなたのことを愛しています、と」王子様は答えます。「ああ、それならぼくも君を愛している。どうか泡になんてならないでくれ」王子様は人魚姫に手を伸ばします。だけどその

瞬間人魚姫の姿は泡となってしまい、王子様の手には、いくばくかの水だけが残りました』

未来は耳をふさぎたい気持ちでいっぱいだった。すごく楽しかった二人の旅も結局はここに行き着いてしまった。これが本来の結末。本当の物語。人魚姫は消えた。兄も、消える。彼女は心の奈落から「兄さん！」と叫んだ。

『王子様はひとりで国に帰りました。話を聞いた国民は王子様と人魚姫のために悲しみました。それ以来、王子様は一日一回の検診以外、ずっとお城の研究室にこもるようになりました。国民は王子様の体を心配しましたが、王子様は笑って答えました』

ルリはとても優しい声で続けた。

『「大丈夫。ぼくは人魚姫を元に戻す研究をしているんだ。魔法の力を科学で打ち破って、もう一度ミライで彼女と会うために頑張っているんだよ」研究を続ける王子様の隣では、あの旅で作ったフラスコに入ったきれいな水が、キラキラと光っていました』

物語は終わった。なんだかわからない温かい気持ちを胸に、未来は顔を上げた。ルリが頭を下げていた。みんな手を叩いていた。泣いている者もいた。スイカも、ナマリも楽しそうだった。奈落には、橋が架かっていた。

科学が、いつか人魚姫を救う。その結末を、なんの作為も意図も疑わないまま受け入れられたのは、未来が十分すぎるほど子どもだったからかもしれない。もしくは、彼女の心に、ルリのまっすぐな優しさが届いたからかもしれない。

それは間違いなく、未来ひとりに対して編まれた物語であり、同時に石の世界に生きる全ての者が共有するべき希望でもあった。

未来は、幸せな気分でぼーっとやぐらの外を眺めていた。暗い暗い空の向こうで、兄の姿が、きょうだいで手をつないで歩くミライが、彼女にも見えた気がした。

「はいナマリちゃん落書きの前に字の練習しようね～！　はいスイカちゃんどんどん上手になってるね～えらいえらい！　未来ちゃん、すごい!!　この調子でみんなにも教えてあげてね～!!」
いうて、寒い。少しでも体温を上げようと、あさぎりゲンはヤケクソ気味に声を張っている。この授業が終われば、科学学園は長い冬休みに入る。けれど、どうも終業時期を見誤ったらしい。なんなら、すでに空からポツポツと白いものまで舞い降りてきている。
しんしんと降る雪を蹴散らすように、子どもたちは大声でお別れの挨拶をした。そのひとつひとつに愛想よく応えたゲンは、かじかんだ手を袖に隠したまま職員室までダッシュで逃げ帰る。

「ひぇ〰〰。寒い寒い。子どもはよくあんな元気でいられるね〜って、千空ちゃんにクロムちゃんじゃない。どうしたの？」

部屋の中央で沸かしているお湯に手をかざしながら、ゲンが来客に向かって話しかける。

「教材の監修」と千空は紙を見ながら答えた。

「おぅ。俺はルリと新しい話作りだな」とクロムが続ける。

「ラジオ第二回の打ち合わせも兼ねてね」と羽京が葉書を見せびらかす。

「お、お便り結構来てるね〜」

「うん、ふつおたにラジオ名……やっぱり復活者が多いね。ただ未来やスイカも頑張って書いてくれてるよ」

「おぅ、ホワイマンからは来てねえのかよ」

クロムの素っ頓狂な質問に千空が「はぁ？」と振り向く。ルリがクスクスと笑った。

「来るわけねえだろ」

「でもよ。あいつは俺らの通信聞けるわけだろ」

「まあ、傍受はしてるかもね」と羽京が答えた。

「だったらよ。番組聞いて、オモレーぞこれって送ってくるかもしれねえじゃねえか」

「放送前からずっと言っていましたね、クロム」

「おぅ。あっちが俺らのやってること好きになってくれりゃあ、敵対しなくていいからな」

ルリに応えるクロムの口調は真剣そのものだった。

「なんとまあ楽観的な」と元自衛官が呆れた声を出す。

「ククク、ここに氷月《ひょうが》がいりゃあ、『頭お花畑』認定されるだろうぜ、クロム」

「それでも、実に石神村らしい考え方だと思います」

ルリの言葉に、全員が振り返った。

「物語を編みながら、私は始祖・百夜のことを考えました。彼はなぜ百物語を作ったのか。その物語に、どんな思いを乗せたのか」

「『好きになってもらう』ってこと？」

ゲンの問いにルリは頷いた。

「はい。必要なのは、命をつなぐための方法。海を渡る技術。そして渡った先で生きていくための知恵。何より、それを試したくなるほどに、忘れられなくなるくらいに、楽しく伝える努力。そして、子どもたちにこの石の世界を愛してほしいという願い。愛すれば、もっと知りたいと思うようになります。人でも世界でも科学でも。それが百夜の望み……」

「やめろやめろ。背中が痒《かゆ》くなるぜ」

千空が笑いながら耳の穴をほじる。全員が微笑みながらその光景を見ていた。

「ねえ、もしホワイマンからお便りが来るなら、どんなのだと思う？」

羽京が楽しげに水を向ける。その意図を察した千空がニヤリと笑った。

「あ、決まってんだろ」

「WHY《ホワイ》 WHY WHY WHY WHY WHY WHY WHY WHY
WHY WHY WHY WHY WHY WHY WHY WHY」

ゲンの声芸に、爆笑が起こった。


ルリはひとり目を閉じる。

こんな賑やかな日々も、船が完成すれば終わりを迎えるだろう。それでも……

いつもの不安はもうやってこなかった。そんなもの、とっくに拭い去られていたらしい。

千夜物語の編纂が、過去をミライへと繋げる作業が、彼女のなかから迷いを消した。

目を閉じると浮かんでくる、石神村の風景。そして砂浜に打ち寄せる白い波。人類最後の六人が生きた三七〇〇年前の離島。今のルリには、その静かな波音さえも、聞こえてくるような気がしていた。

第3章　石の世界のシンデレラたち

二つの牢《ろう》に二人の囚人がいる。

泥のこびりついた格子の向こうには綺麗《きれい》な星空が広がっている。だけど彼らは決して外に目を向けない。自分たちを囲む土の壁を眺めながら、ただ過去の罪のなかに生きている。時は、ここではまるで石化してしまったかのように止まっている。

四人、殺していた。四人のひとり・紅葉《もみじ》ほむらは直接手を下していないけれども同じことだ。あのとき「やれ」と命令されていたなら、躊躇《ちゅうちょ》なく同じことをしただろう。

だったら、監禁されているだけのこの現状は、あまりに生ぬるい。罪と罰という概念まで石化したわけでもあるまいに。現在《いま》は、罪に応じた罰が決まるまでの猶予期間？　そう考えるのが道理にかなっている。

ミライは、もっと悲惨であるべきだ。自分はそれだけのことをしたのだから。

彼女の思考はいつもそこで止まっていた。過去に罪を持ち、ミライに罰を待ち、現在になにも俟《ま》つことのない彼女には、その罰が果たされたあとのミライについては、なんの考えも浮かばなかった。

それでもほむらに後悔はない。彼女は己のミライを、もうひとりの囚人・氷月《ひょうが》に捧《ささ》げたのだから。たとえミライが暗黒でも、彼とともに地獄に落ちるのなら一向に構わない。

だから彼女は夜にあって、月にも、星にも、目を向けないのだ。


「お札《ドラゴ》がいちま〜い　お札《ドラゴ》がにま〜い」

幽霊じみた声が科学ラボから漏れ聞こえてきた。部屋に入ろうとしていた小川《おがわ》杠《ゆずりは》は、一瞬足を止める。だけどよくよく考えてみれば、千空《せんくう》が常駐するラボなんて幽霊のほうから願い下げだろうし、夏の盛りも過ぎ去ったこの時期に怪談話もないだろう。なにより、さっきのか細い声はあさぎりゲンのものだ。杠はラボに足を踏み入れた。

部屋のなかはこの前来たときよりもさっぱりしていて、どこか寂しさすら覚えるほどだ。それは、この部屋の主《あるじ》たちがもうすぐ遠い洋上に旅立つという事実に裏打ちされた感慨で、部屋の端に整然と固められた船に載せる備品の数々が、よりいっそう別れの感を際立たせている。

部屋の主である千空とゲンは、ポッカリ空いた部屋の真ん中で、金勘定に勤《いそ》しんでいた。

「それが、本当に出発できるか、かなり怪しくなってきたんだよね～」

杠を部屋に呼び出したゲンが、紙幣《ドラゴ》の山に恨めしそうな視線を向ける。

「どうしてなの？　船、ほとんど完成してるんでしょ」

杠の問いに、千空が答える。

「九割九分な。備品も、移動型ラボも用意済みなんだが……」

「石油がな～～～～い!!」

ゲンがドテンと仰向《あおむ》けに倒れる。

「正確に言えば、龍水《りゅうすい》の野郎から石油を買うための金《ドラゴ》が足りねえ」

「ワオ」と杠が口を開ける。

「でも龍水くん、『船作りは自分の夢だからお金はいらない』って言ってたような……」

「技術料はな。モノはもう完成してんだ。燃料は別会計だとよ」

「なんかこう、友情の力で……」

「ククク、んなもんが俺らの間で通用すると思うか？」

「ですよねー」

大樹《たいじゅ》ならいざ知らず、千空はこういう切羽詰まった場合でも友情という言葉を持ち出すことはない。どうにも、融通の利かない頑固な男なのだ。

「ほんっと絶妙に足りないの!!　頑張って頑張って頑張ったら、届くかなーってくらいで紙幣の流通を管理してるの、龍水ちゃん!　くやしい!!」

ゲンがここまで悔しがるのも珍しい。マネーゲームではメンタリストよりも商売人のほうが一枚上手《うわて》だったということか。

「で、どうするの?」

「全部売る」と千空が簡潔に言い切った。「これまでのデパート千空《せんくう》の商品を全放出して閉店セールをおこなう。薄利多売の叩《たた》き売りになるが、どうせ船に乗ったら当分帰ってこれねえんだ。在庫余らす意味ねえからな」

「杠ちゃんブランドのお洋服ももちろんね～」

「え、それは別にいいけど、私が呼ばれた理由ってそれだけ?」

「それがね、服って季節モノじゃない?　今置いてあるの夏服とか絹の水着なんだけど、もう秋が来ちゃうから売れないと思うんだよね～。だから新しいの、ちょいちょいっと作ってくれない?」

「秋物のオーダーね。了解。大丈夫だよ」

「頼むぜ」と言いながら千空はそばにあったドラゴの束を杠に手渡した。

「軍資金だ」

「いらない……って言っても、千空くんは受け取らないよね。うん。わかった。そのかわり頑張っちゃうから」

そう言って杠は立ち上がった。


ドドドドドという音が空気を揺らす。カメラをブラ下げながらニュースの種を探していた記者・北東西南《ほくとうざいみなみ》は、突如沸き起こった花火大会じみた轟音《ごうおん》を聞いて、すぐさま現場に駆けつけた。

「ってなんだ。杠か」

音の発信源は杠の手芸用テントだ。彼女が作業しているときは、だいたい北斗百裂拳みたいなことになっているけど、それは一年前の気球&服作りのときにスクープ済みだった。

「でも写真は撮っておこうかな」

あのときはまだカメラがなかった。記者は忍び足で近づいて『立入禁止』と書かれたテントのなかを覗《のぞ》こうとする、ところで、大きな手がレンズを遮った。

「げ、杠手工芸チーム」

そこには杠と同じ手工芸班の大樹と陽《ヨー》が立ちはだかっている。

「ここは立入禁止だぜ～、パパラッチさん」

昔取った杵柄《きねづか》か、現場から記者を追い払おうとする元警官の陽に、南が噛《か》みついた。

「ちょっと写真撮るだけじゃない！」

「どうせちゃんと写らねえよ。手の動き速すぎて」

「う……」と南が後退《あとずさ》りした。たしかに石の世界《ストーン・ワールド》で生まれたこのカメラは、性能的にあまりに速く動く物体は捉えられない。スポーツ中のコハクなどがそうだった。

「杠は服作りに集中してるんだ！　どうかそっとしてやってくれないか！」

大木《おおき》大樹が両手を合わせながら頭を下げる。その真剣さは南にも伝わるところで、理屈と誠実の両方から攻められた彼女は、しぶしぶカメラを下ろした。

「……というかキミたち。手工芸チームのくせに、なんで中で手伝わないのよ」

嫌味半分の質問が口をついて出る。それに対して、陽はコホンと咳払《せきばら》いをした。

「よう、記者さん。服の作り方って知ってるか？」

「型紙《パターン》引いて、その通りに布裁断して、縫製でしょ？　記者をナメないでよね」

「俺らは、そのどれもできねー!!」

大樹が大きく頷《うなず》く。南は呆《あき》れ顔だ。

「キミたち……よくそれで手工芸チーム名乗ってるわね」

「気球のときは良かったんだよな。モノがでけーし単純だから、俺らみたいな大雑把マンでもかろうじて手伝えたんだよ。でも今は」

「麻を集めてきて潰すところまでだー!!」

「布どころか糸作る以前の話じゃないの……」

「それでも助かってるよ、大樹くん」

テントから声がした。いつの間にか音もやんでいる。百裂拳を撃ち終わったらしい杠が、出来たてのブラウスを抱えて入り口から姿を現した。

「杠、新しい服ができたのかー!?」

「うん。まだ全部じゃないけど、なんとか明後日《あさって》のセールに間に合いそう」

「セール!!?」

記者の宿命か、独身者のサガか、杠が発した唆《そそ》るワードに、南が興味を示した。

「はい。デパート千空の店じまいセールがあって……」

「ええ、聞いてない!?」

「それでいいのかよ、記者」

「あはは、急遽《きゅうきょ》決まったみたいなので。今日にもチラシがお部屋に届くと思います。ラジオで宣伝もするのかな」

「明後日ね!!　絶対いくいく！　なに買おっかなー」

南が嬉《うれ》しそうに指を折り始める。その様子を見て、杠が目を光らせた。

「それならオートクチュール杠の服もよろしく！　これからの季節にふさわしい服を多数用意してますから！」

南の目の前に、バっと新作のブラウスが広げられた。麻布から作られたそれは、スタンダードなシルエットながらも、胸元のかわいいリボンがアクセントになった自信作だ。

「ああ、うん」

薄。思った以上に反応が薄い。目論見《もくろみ》が外れた杠が、「あれ？」と首をかしげる。

「考えとくわね。それじゃあ」

記者はそそくさと去っていった。最後の「考えとくわね」からは、どうも旧時代の「行けたら行くわ」並みのうさんくささが漂っている。杠はブラウスを広げたまま、その場に固まってしまっていた。

「……南さん、このデザイン気に入らなかったのかな」

「金欠なんじゃねえの？」と万年金欠の陽が言う。

「でもセール自体は楽しみにしてたみたいだし……」

「大丈夫だ杠!!　他の服を見れば、きっと気に入ってくれるぞ！」

大樹の能天気な励ましにお礼を言いながら、杠は二日後のセールになにか良からぬ気配を感じていた。

セール当日。宣伝の効果もあって、デパート千空の本店には科学王国の住民が押しかけていた。晴天の下に、石の世界ではなかなか見ない、買い物客の行列が続いている。

「天気ガチャは当たりだな。正直、雨降ってるだけで詰むところだったぜ」

とは洋服売り場にやってきた千空オーナーの弁だ。

「あとはどれだけ売れるかだね！」と杠が拳を握る。

「ククク、薄利多売の投げ売り価格だから全部はけたところでタカが知れてるが……。杠、テメーの服は利益を期待できる。わりとマジで俺たちの船旅はここの売上にかかってるぜ」

「このデキなら大丈夫だよ～。俺も買っちゃいたいくらい♪」

ゲンができたてのジャケットをさすりながら言う。

「うん！　自信作だから！」

そう断言した杠の頭の中には、しかし、二日前の南とのやり取りが浮かんでいた。

「わあ、コーラやって！　みんなで飲もう」

セールには、お小遣いを握りしめたスイカ・ナマリ・未来《みらい》のキッズ三人衆も馳《は》せ参じていた。なけなしのドラゴで買ったコーラの炭酸が、三人の喉を気持ちよくシュワらせる。

「ナマリのスケッチブックと筆を買いに行くんだよ！」

そうは言いつつも、彼女たちの低い視線はどうしてもデパート内のあれやこれやに目移りしてしまう。竹とんぼやトランプ、シャボン玉セットのような子ども向けおもちゃ。クワやカマのような実用品に、ライトやガラス製品など、石の世界では馴染《なじ》みの薄い科学アイテムも所狭しと陳列されていた。

そんななか、ある見慣れない物体をナマリが指差した。クルマの一種だろうか、大きな袋と円い筒が車輪のついた胴体に取り付けられていて、先端にはひときわ長いホースが、ゾウの鼻のように伸びている。

「そうじき？　って書いてあるんだよ」

「あ、お掃除道具や～。先っぽからゴミ吸い取るんよ。蒸気仕掛けっぽいけど……」

「未来、よくわかるんだよ」

最近メキメキと学力を伸ばしつつある友だちに、スイカが尊敬の眼差《まなざ》しを送る。

「兄さんの冷凍庫とちょっと似てるから……。でもこんなムチャクチャなん、使い勝手悪すぎて買う人おらんと思うけど……」

「はっはー!! 掃除機だと? これも欲しいな! フランソワ、現金《キャッシュ》を用意しろ!」

七海《ななみ》龍水という物欲の権化が。見ると彼の周りには無数の買い物袋が置かれていた。それでも龍水はまだ足りないと言わんばかりに、机に陳列された商品を指差していた。

彼の目はもはや値札すら見ていない。

「これ! これ! こいつ! これも!」

「全部買い占める勢いなんだよ……」

「龍水くんって、千空くんたちとお金持ち競争してなかったっけ。ライバルの店でこんな買い物しててええんかな?」

彼の業《ごう》を理解するには、彼女たちはまだ子どもすぎるようだ。とにかくキッズたちは龍水によって焼け野原になりつつある一角から避難した。たどり着いた先にはカラフルな森が広がっている。

「わあ!!」

そこは杠ブランドの並ぶアパレルコーナーだった。いまだに動物の皮から多くの服飾を作っている石の世界、そこから数千年はワープしたデザインと質感の服が、背の高いマネキンたちを彩っている。

「きれい――!!」

少女たちがハモる。ナマリも筆を動かして、そこに並ぶ服たちを写生し始めた。

「い～、めっちゃ高い～。絶対買われへんわ……」

「でもかわいい服ばかりなんだよ!」

飛び跳ねながら服を見て回る彼女たちだったけど、ほどなくしてその店舗を覆っている暗雲に気づいた。

「お客さん、あんまりいないんだよ……」

コーナーのきらびやかさに反して、そこで買い物をする者が少ない。だいたいがスイカたちのように冷やかすだけで、たまにレジに向かう人を見ても、帽子や手袋などの小物類を手にしているようだ。

「値段のせいかなぁ。でも大きい人らやったら買えそうやし……」

「不思議なんだよ。あ、でもあの人は買いそう!」

「あれは……ニッキーちゃんやん」

スイカが指差した先には、千空たちの仲間・ニッキーの姿があった。彼女の前には、美しいレース装飾がほどこされた、大人っぽいワインレッドのドレス。その手は紙幣をギュ

っと握り締めている。ドレスを食い入るように見つめるニッキーの目は、ちょうど先ほどのスイカたちのような純粋な憧れと、彼女たちにはない淡い悲しさに光っていた。

しばらくドレスを見ていたニッキーだけど、結局彼女も服を手に取らないまま、その場を離れていった。アパレルコーナーは賑《にぎ》やかな店内の一隅でひっそりと静まり返っていて、店員の大樹の呼び込みの声だけが虚《むな》しく響き渡っている。そこに立つ店主の杠は、辛《つら》そうな表情を浮かべていた。


「はい、では今日の反省会始めるよ〜」

ゲンが発した開始の音頭は、暗くなった空に力なく消えていった。テーブルの周囲に、申し訳程度の拍手が広がる。卓で料理を囲むのは千空とゲンのデパート組、杠・大樹・陽の手工芸チームだ。普段なら騒がしいこのメンツだけど、この消沈っぷりは、反省会というよりもお通夜な雰囲気だった。

「まずは結果報告〜。目標金額に届きませんでした〜。はい、なんか反省点浮かぶ人〜」

テーブルに置かれた石油ランプが、千空の挙手を照らす。

「そもそもなんで反省会の会場がフランソワのレストランなんだよ。ただでさえ商売失敗してんのに、これじゃ龍水サイドに金が入るだけじゃねえか」

「ベトナム風ヤギの焼き肉でございます。こちらをおかけになってお召し上がりください」

ちょうどいいタイミングでフランソワが千空の前に皿を差し出した。一緒に出された調味料は魚醬《ぎょしょう》の一種で、それを焼いたヤギ肉にかける。口に入れると、男子好みの濃厚な味わいが広がった。

「……うめえな、やっぱ」

このレストランと食産業があるから、龍水サイドは今千空陣営を苦しめている。

「答え出たね。他に意見ある人～」

反省会開始前から申し訳無さそうに頭《こうべ》を垂れていた杠が、弱い声を上げた。

「はい……。私の服、全然売れなかったね」

「ま、結局はそこだわな」

遠慮のない千空の言葉に杠がシュンとなる。

「千空ちゃん、オブラート！　……でもほんと不思議なんだよね～。モノは絶対いいのに、なんで売れなかったんだろ」

「値段じゃねえの？」と陽が飯をパクつきながら言う。

「いうてドラゴ発行からだいたい一年でしょ。あのくらいの服買えるお金は、みんな持ってると思うんだけどね～」

「俺がもっと呼び込みを頑張っていれば……」と大樹が悔しがる。

「テメーの声が小さすぎたなんてことは一〇〇億％ないから安心しろ、デカブツ」

「もしかしたら私の感覚が、お客さんとズレてたのかも……。それで聞きたいんだけど、みんなはどんな服が店にあったら嬉しかったのかなって……」

杠が懇願するように周囲を見回した。千空がいの一番に口を開く。

「薬品ついても溶けなくて、火がついても燃えないやつ」

「俺は丈夫で動きやすいのだったらなんでもいいぞー！」

あ、と杠は気づいた。そういえばこの昔なじみたちは、機能性でしか服を判断しない。

「ええと、好きなデザインとかは……」

二人が揃《そろ》って首をかしげる。まるで初めて聞く単語を耳にしたときみたいだ。杠が助けを求めるようにゲンと陽を見る。この二人なら、少しは身なりを気にするのではないか。

「死角と隠《かくし》袋の多さだよね～、メンタルマジシャンとしては」

こいつも機能性重視だった。そういえば彼の服はやけにヒラヒラしている。

「ええと、ゲンくんってもっと見た目にシビアだと思ってたんだけど……」

「清潔さとある程度のセンスは必須だけど、それ以上は優先度低いね～。万人が好むセンスなんてないわけだし。あんまりカッコつけすぎても、人によっては鼻につくからね～、こういうの」

服ですら、自分を演出し、相手の心に入り込む道具。あらゆる人間の心理を相手取るメンタリストとしては、過度の演出はご法度らしい。

「陽くん……」と杠がすがるように尋ねる。どうもさっきから、普通の人が考えるファッションとは別次元の話を聞かされている。彼が最後の砦《とりで》だった。

「まあやっぱ、自分に合って、カッケーのだな」

まさかこの男が一番頼りになる場面が来るとは思わなかった。というのは言いすぎだけど、ようやく得たフツウの意見に杠が勢い込む。

「じゃ、じゃあ私の服のどこが悪かったのかは……」

「わっかんねー」

期待は裏切られた。杠がガクンと頭を下げる。そんな彼女を励ますように一杯のコップが差し出された。ミントの芳《かぐわ》しい香りが杠の鼻をくすぐる。

「サービスのハーブティーでございます、杠様。少しは気分が落ち着くかと」

「ありがとうございます……。フランソワさんは欲しい服とかありますか？」

「服……でございますか？　ありませんね」

杠が意外そうな顔をした。

「私は私である以前に龍水様の執事ですから。資格もライセンスもないこの世界では、この執事服が私の身分を規定しているとも言えます。ですから他に望むものはございません」

そう言ってフランソワがお辞儀をする。その洗練された仕草は、まさしく一般人が抱く『執事』の理想像そのままだ。

服が身分や職業を規定する。ただ趣味の延長で服作りをしていた杠にとって、それは新鮮な考え方だった。

「お役に立てぬ回答で申し訳ございません。代わりといってはなんですが、あちらのテーブルにいる方々なら、杠様の疑問に答えてくれるやもしれませんね」

フランソワの手の先には、一見艶《あで》やかな一団がいた。構成員は、南・ニッキー・コハク・ルリ・石神村《いしがみ》のガーネット・ルビィ・サファイア三姉妹……なんだろう、妙に性別が偏っている。

「え、あれって……」

「石神村と旧司《つかさ》帝国の精鋭たちによる『女子会』でございます」

「なんだ。千空たちの打ち上げと同じ会場だったのね」

と女子会の長《おさ》・南が千空に言った。

「まあ、ここらでメシ出すのは俺らのラーメン屋かここしかないからな」

「女子会でラーメンはないからね」

とニッキーが笑い飛ばす。『女子会』という響きに、合流した男性陣は居心地の悪そうな表情を浮かべている。

「杠も呼ぼうと思ってたんだけど、なんかセールの件で落ち込んでたし……」

「それなんですけど……」

杠が、女子会メンツ相手に事情を説明した。それは顧客に対して「なぜウチの商品を買わないのか」と詰問しているも同然の危なっかしい行為だけど、この追い詰められた状況で、背に腹は代えられない。

「みなさんが、どんな服を望んでいたのかなって」

杠の問いに無心で料理を貪っていたコハクが答える。

「丈夫で、動きやすいのだな！」

「あの、コハクちゃん。それ大樹ちゃんと言ってること同じなんだけど……」

「気にしないで。コハクは女子会のなかでも女子力最弱なの」

とガーネットがコハクを切り捨てた。

「服自体は素晴らしいデキだと思うんですが……」

「それ以外のところに問題がねえ……」

ルリとニッキーが言い淀《よど》む。杠が頭を下げた。

「問題ってなんですか!? 教えてください！」

「ぶっちゃけ、着る場所がないわ」

南の告白に男性陣たちが疑問符を浮かべる。唯一ゲンだけが納得したように膝を打った。

「あ～、なるほどね～」

「あ？ どこでも着りゃいいじゃねえか」

千空の無神経な一言に、南が肩をすくめた。

「石化前なら着てたわよ。でもね、ここは石の世界でしょ。昔みたいにどこでもアスファルト舗装されてないんだから、ちょっと歩けば土は舞うし、風が強ければ全身砂まみれ。いい木の間を通ったら虫やらなんやらが服につくし、雨の日なんて足元ぐちゃぐちゃよ。服着たってすぐ汚れちゃうんだもん」

「ちょっとくらい気にすんなよ」

「はいアウト女子力0点。お気に入りの服汚したい女子はいないわ」

千空が女子会から除名される。続いて陽が口を開いた。

「汚れたら洗濯しろよ」

「洗濯機があれば毎日するわよ。でも手洗いよ手洗い！　冬はめっちゃ水冷たいし！」

「それなら俺がみんなの洗濯物を洗うぞー！」と大樹が力こぶを作る。

「はいキミもアウト。女の子の洗濯物洗うなんて口が裂けても言っちゃダメ」

「女の子って年でもねーじゃん」

「陽もアウト。話にならない」

南によって、一瞬のうちにほとんどの男子陣が破門された。

「でも最初らへんの服とか、あと夏の水着とかはちゃんと売れちゃってたよね～。俺らそれで『イケる』って思ってたんだけど」

「水着は海でしか着ないからね。あと最初は物珍しさがあったし、鏡とカメラの発明で、みんなの外見に対する意識も高まってた時期よ」

「……そっか。冬に売れてたのは防寒対策ってことね～。なまじ商品は売れてたから、みんなが普段使いできてないことに気づかなかった、と」

「私も、新しいのを作るのに夢中で、その服がどう着られるのかも考えてなかった……」

杠の反省めいた述懐以降、重々しい空気が女子会を包んだ。誰も口を開こうとしないの

は、全員が同じ結論を得たからだ。それを代弁するように千空が口を開く。

「ようするに、これ以上服で儲《もう》けるのは厳しいってことか」

汚れることを前提とした服なんて、三七〇〇年前のファッション観にはなかった。だけどいまだ整備されていない石の世界が求めているのは、今彼らが着ているような、タフで少しくらい汚れても構わない服だ。なまじ品質の良い杠の服は、引き出しの奥にしまわれてしまう。

通貨を手にしてまだ日が浅いこの世界の人々にとって、普段使いのできない杠の商品は、どうしても購買リストから外されがちな存在だろう。用意していた在庫もいつ捌《は》けるかわからない。しかもお金は、今すぐにでも必要なのだ。船はもうすぐ完成を迎える。

デパート千空の経営戦略は破綻した。石油代は足りない。もしかしたら本当に、船は出発できないかもしれない。今まで遠いところに置き去っていた不安が、初めてリアルな脅威となって彼らの前に現れたように思えた。

「普段使いができないのならば、それを着る場を作ればよろしいのでは？」

助けは、テーブルの外からやってきた。声の主をたどると、テーブルのそばでフランソワがかしこまっている。

「着る場……？」

「普段からドレスを着て歩く人は、旧世界でも稀《まれ》でした。ハレとケの話ではありませんが、普段着にならない特別な衣装は、特別な場でこそ用いられるもの。ならばその場を用意すればよろしいかと」

「そっか。パーティとかのイベントを開けば、その日だけはとっておきの服を着てくれる」

「そのとおりでございます、南様。そういえば龍水様が、船の竣工《しゅんこう》記念と送別会を兼ねたパーティができればと仰《おっしゃ》っていました。あなた方がそれを開いてくださるのであれば、あの方も投資を惜しまないでしょう」

「千空ちゃん！」ゲンの声に千空が頷いた。

「ククク、今回はやけに出しゃばるじゃねえか、執事。おかげでなんとかなりそうだぜ」

「いいのか、フランソワ？　これでは利敵行為じゃないか」

コハクの言葉にフランソワは薄く微笑《ほほえ》んだ。

「マネーゲームは私の口を出すところではありません。ただ主人が最も望むものを提供するのが、執事の役目ですから」

話は決まった。卓を囲む全員が、視線を中央に集めた。千空が口を開く。

「ククク、送別会なんてガラじゃねえが、石油代を稼ぐ手段ってんならやらねえわけにはいかねえ。これが最後のチャンスだ。杠が魂込めた服を使って儲けさせてもらうぜ」

「在庫をパーティ衣装として買い切り……いや、いっそ安いレンタル衣装にしちゃえば、みんなその日だけでも着てくれるんじゃない？　ね、ニッキーちゃん」

「大丈夫だよ杠、アンタの服はいい出来だ。みんな喜んで着るさ」

「うん、ありがとうニッキー。それに着たい服がなくても、みんなが望むのなら、オーダーメイドで作る！」

「俺も手伝うぞ、杠!!」

「私らも」「綺麗な服」「着たい!!」

大樹が咆《ほ》え、三姉妹がハモった。

「それじゃあ、『送別会でボロ儲け作戦』明日から活動開始だ！　いいな!!」

「おー!!」

夜空に希望のかけ声が響く。やる気をみなぎらせるメンバーのなかで、しかし南だけは、どこか寂しい瞳でその様子を眺めていた。


「ククク、考えてみりゃ久しぶりだな。俺らでパーティ組むのも」

千空が愉快そうな瞳で目の前の二人を眺めた。大樹と杠、旧世界のロケット組、そして石の世界での最初の仲間たちが千空のラボに集っていた。

「役割は全然違うけどね。私はとにかく服を仕立て直す。今他のみんながパーティの宣伝をしてくれてるから、参加してくれる人に余ってる服を選んでもらって、サイズ調整もろもろしちゃいます。着たい服がないって人には一から作ってあげたいし……」

「俺は素材採集と、運搬と、あとみんなが辛そうな仕事を全部手伝うぞ！」

「会場設営もテメーの仕事だぞ、デカブツ。俺は科学でパーティの土台を作る。まずは、手工芸チームへの届け物を作るぜ」

「届け物？」と杠が首をかしげる。

「ククク、服作りの必須道具、ミシンだ。唆るぜ、これは」

ボン、となにかが炸裂《さくれつ》する音が聞こえた。カメラをブラ下げながらニュースの種を探していた南は、突如沸き起こった炸裂音を聞いて、すぐさま現場に駆けつけた。
「てなんだ。カセキおじいちゃんか」
音の発信源は千空のラボ。いつも通り千空から設計図でも見せられたカセキが、興奮して筋肉の膨張で服を破ってしまったのだろう。なにを言ってるか途中からわからなくなったけど、とにかくそれがクラフトチームの日常だった。

部屋には千空・カセキ・クロムのイツメンが揃っている。カセキは全裸だ。「で、今度はなにを作るわけ？」という南の問いに、千空が不敵な笑みを浮かべた。

「ミシン」

「ミシン……って、電気はどうするのよ？」

「人力に決まってんだろ。足踏みミシンだよ」

「オホー！　これがまたすごいのよ、針が生地を突き刺すと、下の糸が上の糸に引っかかって……」「おぅ、んで針が上がると上の糸に絡まった下の糸がそのまま生地に……」

「わかんないわかんない」

興奮する二人の早口マシンガンを受けた南が、千空に助けを求めた。

「ミシン縫いの特徴は上糸と下糸を同時に使うことだな。針の先端に空いた穴に上糸を通す。針が生地を貫くとその上糸が輪っかを作って、その中を下糸が通る。あとはそれの繰り返しだ。上糸と下糸ががっちり絡み合うことで、丈夫な縫い目になるってわけだ」

「ワシらはこの上と下がうまく連動する仕掛けを作っちゃえばいいのよね」

「で、足踏みってのは……」

南が設計図を覗きながら尋ねる。そこにはミシンだけではなく、それを載せた作業机も一緒に描かれていた。机の足元部分にあるペダルと、その横にある車輪がミシン部分の車輪に繋《つな》がっていることで、その机全体で足踏みミシンという仕掛けなのだと理解できる。

「電動ミシンじゃモーターがやってる役割を、足元のペダルでやるんだよ。ペダル踏み踏みで生まれた動力が下の車輪を回して、革のベルトで繋がった上のはずみ車《フライホイール》を動かす。その回転エネルギーで針を上下させれば、人力ミシンの完成だ。金属部分も多いし、少しばかり大掛かりな道具になるが」

「理屈はいいからさっさとやっちゃうぞい。杠たちが待ってるんじゃろ」

「おぅ。それにこれよりデカい織り機のときは、俺は参加できなかったからな。ヤベー楽しみだぜ！」

カセキとクロムが我先にと作業に取り掛かる。あれだけ大きな船を造っても、いまだ消えることないモノ作りへの情熱。そんな男たちの姿を写真に収めた南は、やはり寂しげな表情を浮かべながら部屋の外へ出た。

その紙には『シンデレラ・パーティ開催！』の文字とともに、綺麗なドレスに身を包ん

だ少女のイラストが描かれてあった。イラストには基本徹夜《きのもとてつや》のサインが添えられているけれど、その紙を受け取った未来たちの目は当然、中央のシンデレラに注がれている。

「シンデレラ・パーティやって〜」

「シンデレラって知らないんだよ」

宣伝のビラを手渡したニッキーがスイカに、旧時代の童話を話して聞かせた。どうもこのネーミングは、衣装レンタルとシンデレラの魔法の貸ドレスをかけたものらしい。

「当日だけのレンタルだからそんなにお金はかからないよ。もし気に入ったら買い取ってもいいしね」

先のセールでは先立つものの少なさに、ウィンドウショッピングに徹していたキッズたちだ。経済力に自信のない自分たちでもかわいい服を着られると聞いて、その瞳は輝いた。

「杠の店に行ってみるんだよ！」

スイカたちは再びデパート千空の店舗に足を踏み入れた。閉店セールをしたので当然と言えば当然だけど、現在はお店としての機能を停止している。ただ貸衣装の受付のために、杠ブランドのコレクションが所狭しと陳列されていて、そのきらびやかさはセールの日に引けを取っていない。奥のほうでは、杠手工芸チームに石神村からの手伝いを加えた面々が、針仕事に精を出していた。

「結構人がいるんだよ」

スイカが周りを見回しながら言った。見た感じでは女性が多い。受付に並ぶ彼女たちは誰もが嬉しそうな表情を浮かべていて、やはり杠の服を泥やら虫やら気にせずに着られるこの機会はありがたかったのだろう。

「お、スイカたちじゃないか」

受付にいたのは門番兄弟の二人だ。メガネをかけた金狼《キンロー》が、今日は槍《やり》ではなくペンを握って、やってきた二人の名前を受付用紙に書き込んだ。

「スイカに未来……ナマリはいないのか」

「たぶんマンガ家のおじさんと仕事してるんだよ」

「やからナマリの服も一緒に頼もうと思って」

「了解した。子ども用の服はあっちだ。気に入ったのがあったら、ここに持ってきてくれ。サイズは多少ならこちらで仕立て直して融通を利かす。子ども服は種類が少ないから、気に入るものがないかもしれん。その場合は特注できるぞ。ただし値段は割高になるが」

説明を受けたスイカと未来は子どもの服が並ぶゾーンへと足を運んだ。そこはさすがに閑散としていて、じっくり見て回ることができたけど、なかなか本命は決まらない。

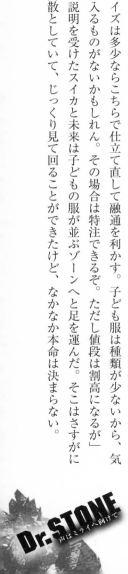

「うーん。どれもかわいいんやけど……」

「やあ、君たちも衣装選びかい？」

スイカたちが顔を上げると、そこには羽京《うきょう》とゲンが、受付にいた銀狼《ギンロー》に連れられて服を選んでいる。

「うん！　羽京たちも？」

「まあさすがに……」「お金落とさないと、困るのはこっちだからね～」

羽京が言い淀んだ大人の事情を、ゲンがあっけらかんと口にした。

「私らなかなか決まれへんくて……二人はどんなんにするん？」

「俺は普通にスーツかな～。男はこれ着てればいいから楽だよね」

「僕は海兵らしくセーラー服でもいいんだけど、あるのかな……」

「ええ!!　羽京があんなヒラヒラのスカート穿《は》いちゃうの!?」

急に叫びだしたのは、二人の案内をしていた銀狼だ。なに言ってんだコイツって視線が、復活者の二人から注がれる。

「いや、セーラー服って男でも着るんだよ、銀狼。……下はズボンだけど」

「現代人の銀狼ちゃんがセーラー服を知ってた……。女の子の服だと思ってた時点で、なんかいろいろ理由が想像できちゃうね～。まあ普通思い浮かべるのは学校の制服だけどさ」

「学校の制服？」

今度はスイカがゲンの言葉に食いついた。

「俺らの時代では、学校ごとに決められた制服があったりしたの」

「私はずっと入院してたし、着られへんかったなー」

未来が寂しそうにつぶやく。それを聞いたスイカは大きい声を出した。

「じゃあ、それにするんだよ!!　スイカたちは一緒に学校に行ってるもん！」

「ほんまや、制服ならみんなで同じの着れるし！」

未来が笑顔の花を咲かせる。つられて羽京も口元をほころばせた。

「いいかもね。もともとは海の制服だから、人魚姫が好きな未来っぽくもあるし」

「ボクもいいと思うよぅ。ここにはないから金狼に言ってね」

子どもたちは受付に向かって駆けていった。笑顔で見送る銀狼と羽京だけど、ゲンだけは少し含むような笑みを浮かべている。

「どうしたの、ゲン。なにか問題でもあった？」

「う〜ん、特注で客単価が上がるのは俺としてもありがたいんだけど……」

ゲンは視線を店の奥にやる。そこには、一心不乱に針を動かす杠の姿があった。

「は～、やっと終わった。ゲンと羽京の寸法だよぅ」

男相手の接客を終え受付に戻った銀狼が、口頭で測定結果を伝える。金狼はたどたどしい筆の運びで、それを受付用紙に書き加えた。

「いいな～。ボクが知りたくもない男の寸法測ってるときに、金狼はずっと座ってばっかで。あーあ、女の子の採寸を手伝いたいよぅ……」

「無理に決まってるだろう……！　それに貴様が男のサイズを測ってるのは、書き取りの稽古をサボっていたからだ」

兄の正論に、弟は返す言葉も持たなかった。銀狼は文字を書けないので、受付の記入作業は務まらない。だけどそんな彼にもわかることがあった。

「……特注品、多いね」

銀狼には読めないけど、在庫以外の注文を記入する欄が埋まっているのはわかる。

「ボクら服とかも縫うから、だいたいどのくらいの作業量か見当つくじゃない？　これってパーティまでに間に合わなくない？」

「……杠は村の誰よりも手が早い。それに千空が杠のために新しい発明をしているそうだ。それが来れば……」

「でも注文はもっと増えそうだし……」

「だったら貴様もあっちを手伝うか」

金狼が部屋の奥に目を向ける。すでにそこは、染めたての布やら編みかけの小物やらでごった返していた。

「それもめんどくさいよぅ……」

修羅場と化した作業場を横目に見ながら、銀狼は受付机の上に突っ伏した。


ミシンは翌日夕刻に完成した。情熱のままに徹夜作業を続けたクロムとカセキはそのままダウン。かなりの大きさと重さを誇る足踏みミシンを店まで運ぶのは、千空の細腕だけでは手に余る。こういうとき頼りになるのは、やはり体力王の幼なじみだ。

大樹のほうも早く杠に楽をしてほしかったので、早足で金属ミシン（というか机）を店まで担いでいった。災難なのは千空で、先へと急ぐ大樹を寝不足の体に鞭打《むちう》って追いかけなければならない。散々恨み言をつぶやきながら、店に着いた彼を出迎えたのは、ものすごい剣幕で頭を下げるニッキーの姿だった。

「頼むよ！　ルリ、コハク‼　当日にはぜひリリアンの衣装を……‼」

ニッキーは二人に向かって一枚の紙を差し出している。そこには、異なる衣装に身を包んだ二人の少女が愛らしい絵で描かれていた。

「リリアン……というのはあのレコードの歌手だな。無論、構わないが……」

コハクとルリが顔を見合わせる。

「どうして私たちなのだ?」

「いや、よく考えてみたんだけどね。石神村の連中ってのは、みんなリリアンの子孫なわけじゃないか。そうだろ! 千空」

巻き込まれないようにとコソコソ忍んでいた千空だけど、不運にも不本意な会話に引きずり込まれてしまう。

「あ? 三七〇〇年経《た》ってて子孫もねえだろ。リリアンがガキ産んだかもわかんねえしな」

「なんだって!?」

「……まあ生き残りのメンツ考えたら、金髪碧眼《へきがん》はリリアンの形質かもな」

最低限のフォローを残しつつ、千空がその場からサッサと離脱する。科学者のお墨付き(?)をもらったニッキーは再び姉妹に頼み込んだ。

「な? アンタら二人は特にリリアンの面影がある気がするんだよ。だから絶対この往年の衣装も似合うよ! タンクトップにデニムの普段着スタイルはコハクで、バッチリドレスの歌姫スタイルはルリ……いやあえて逆で行くのも……」

　ニッキーが夢に浸るような表情でブツブツ言い始めた。ガチファンの悪いとこが存分に出ている彼女に、ルリが苦笑しながら話しかけた。

「私たちは構わないのですが、ニッキーはどんな服を着る予定なんですか？」

　ブツブツが、やんだ。ニッキーはその大きな手でおさげをいじくりながら笑い出す。

「ははは、私は高校のときのセーラー服にしようかと思ってたんだけどね。もうそんな年でもないし、これ以上特注で杠に負担はかけられないから、適当に動きやすそうなのを見繕うよ。もともと女らしい服は似合わないしね」

　そう言ってニッキーはそそくさと店の奥に引っ込んでいってしまった。残されたコハクがあごに手を当てて考え込む。

「フム、いつもあの赤いドレスを見ているから、てっきりあれにすると思っていたが」

「ニッキーも本当はあのドレスを着たいんだと思います。ただ……」

　ルリが言葉を止める。ニッキーは、コハクなどには縁のない感傷から、自分の望みを無下にしている。その気持ちを正確に理解している彼女は、悲しそうにその後ろ姿を見送った。

時間は巻き戻る。無事ニッキーの魔の手から逃れた千空は、奥の作業場へとたどり着いた。肝心のブツはすでに仕事場の真ん中に鎮座ましましている。ただそれを使うはずの杠と、運んできたはずの大樹が見当たらない。

「杠が倒れた……？」

その場にいた人間に聞かされた物騒な言葉に気色ばむ千空だったけど、長時間の作業で軽い貧血を起こして休んでいた、というのが正確なところらしい。今は外の空気を吸いに出歩けるくらいには回復していて、外出には大樹も付き添っている。それを聞いた千空は、裏口から二人のあとを追いかけた。

夕方の暖かい空気が千空の肌にまとわりつく。同時に緑の強烈な匂いが鼻をくすぐる。二人の友人はすぐ近くの木陰で体を休めていた。彼らが寄り添う木は、クスノキだった。

「ククク、思ったよりかはマシな顔色じゃねえか」

杠は大樹にもたれかかりながら、力なく笑った。

「おかげさまで。千空くんのほうがなんかゲッソリしてるね」

「千空はミシン作りのために頑張ってたからな！」

千空は揺れる木漏れ日を頼りに、杠の様子を観察した。彼女の体調に問題はなさそうだと確信した彼は、すぐにきびすを返した。

「ミシンの使い方を作業場の連中に教えてくる。テメーはもうちょい休んでろ」

「ごめんね。ほんとなら私が聞いておくべきなんだけど」

「作業の平均レベルを向上させるのが科学の役目だ。たったひとりの天才に無理させねえためにな。……デカブツ、杠は任せたぞ」

「ああ！」

千空は去っていった。ものの一分もない滞在だったけど、彼の優しさは十分伝わっていた。千空は、近しい相手ほど言葉少なになる人間だと、昔なじみ二人はよく知っている。

「やっぱり優しいね、千空くん」

「ああ、たぶんあのときも、ああやって俺たちを見守ってくれていたんだろうな」

「あのとき？」

「石化の日だ。ちょうど今みたいに学校のクスノキの下に二人で……」

杠が顔を赤く染めた。ここまで来ればいかな大樹でも自分の言っていることに気がつく。果たされなかった告白を無理やりほじくり返してしまった事実。それに気づいた彼が赤面したのと同時に、右腕から杠の温かい体温が離れていった。

「私！　また頑張ってくるね!!」

「お、おう。もういいのか？」

「うん。千空くんも一生懸命ミシンを作ってくれたし、それにこれは私のやりたいことでもあるから」

そう言う杠は少し名残惜しそうな視線を木陰に向けている。それを振り切って仕事場へと戻っていく彼女のあとを、大樹は慌てて追いかけた。


翌日。参加者受付は締め切られた。パーティの参加人数は一〇〇人以上にのぼり、旧司帝国跡地以外の各拠点からも参加者が続出した。ここに来て関係者たちは、自分たちのやろうとしていることは科学王国初の『お祭り』なのだと気づいた。

千空が届けたミシンは、この日の朝からフル稼働していた。デパート千空の周りでは、かつて作った巨大織り機のガタンガタンという重い音と、足踏みミシンのカシャカシャという軽い音が、途絶えることなく続いていた。

パーティまで、あと三日に迫っていた。

次の日。前日の繰り返しのように、織り機とミシンは動き続けた。手作業になる針仕事もほとんど一日中続けられた。それでも、残った仕事の量は膨大だった。仕事場の面積とヘルプに入る人間はどんどん増えていった。

　巻かれたばかりの糸は放置され、布の端切《はぎ》れと、使い終わった型紙があちこちに散乱していた。服作りを手伝えない人間も、この手の片付け作業は手伝える。誰よりもそれをおこなったのは大樹だった。それは日ごと目に見えて疲れを蓄積させている杠のため。だけどそんな彼女を心配する彼の声は、いつも弱々しい笑顔とともに遮られた。

　パーティの前日。再び杠が倒れた。数時間後に復帰した彼女は、それまで以上に働いた。針仕事の得意な石神村の人々は、大人も子どもも彼女を手伝った。最初は参加者に手伝わせることに難色を示していた杠も、余裕の無さか、疲れで口を動かすのも困難になったのか、次第になにも言わなくなっていた。

　夜になった。作業はまだ残っていた。ただ、夜を徹すればなんとかなるだろう程度の淡い目処《めど》は立った。ヘルプの人間はほとんど帰っていった。もしくは家に帰る元気もないまま、店舗の一角で倒れ伏していた。

　ミシンの出番もほとんど終わり、残る作業は、仕上げを除き、高度な技術が必要なものばかりとなった。だから結局杠ひとりが居残りの憂き目にあうのは必然だった。彼女だけに重荷を背負わせてしまった悔しさに、誰よりも歯噛みしたのは、大樹だった。

「オラ、さっさと帰るぞデカブツ」

千空が何度目かの催促を、幼なじみに投げかける。大樹は、頼りないライトのなかに浮かぶ杠の小さな背中をじっと見つめている。

「千空、やはり俺も残って……」

「テメーが残ってもなんの力にもなれねえよ。必要なのは繊細な技術だ。テメーは針ひとつまともに扱えないだろうが」

その場に居合わせたゲンが、明るい口調で千空に続いた。

「それより今日しっかり休んで明日の設営に備えよ、ね、大樹ちゃん。杠ちゃんがせっかくバトンを繋いでも、受け取る相手がいなきゃ意味なくなっちゃうよ」

大樹の返事はなかった。ただ爪が食いこむほどに固く握り込まれた拳が、彼の無念さを代弁していた。

「大樹ちゃん……」

「あーあ、テメーが超絶指先器用な男だったら、今からでも杠を手伝えたのにな」

「千空……！」

千空の言葉を聞いた大樹は衝撃を受けた人のように固まった。彼はそのまま親友の顔を見つめると、いきなり住居のほうへと駆け出していった。

「ちょっと、暗いから危ないって！　……千空ちゃん、追い出すにしてもあんな言い方はないんじゃないの？」

「ククク、追い出す？　んなことはしてねえよ」

ゲンが不思議そうな顔をする。

「あのデカブツがああやって脇目も振らず走るのは、いつだって自分以外のヤツのためだ。さて、問題も解決したし、俺らは寝るとしようぜ」

「え、ちょっと、どういうこと、千空ちゃん!?」

口元をほころばせながら歩く千空のあとを、ゲンは慌てて追いかけていった。

泥のように眠る人たちの寝息と、布の擦れ合うかすかな音が聞こえる。そんななかで杠は一心不乱に手を動かしていた。生地を折り込み、裏返し、ヒダを作り、あっと言う間に手元にシュシュの花が咲く。ただゴムはないので、あくまでシュシュ風の飾りだ。
この石の世界の服作りはこういうごまかしの連続だった。復活者から人気だったジーンズだって、綿《めん》がないのでそれっぽく染色した糸と、それっぽく編んだ生地で作った麻ズボンだ。だけど杠には、そういう切ない工夫こそが、この世界での手芸を楽しくしているようにも思えた。
彼女の手を動かすのはこういう楽しさが半分、義務感も三割程度。そして残りは、いまだ自分のなかで渦巻く疑問の答えを見つけるためだった。

(服って何なんだろう?)

今回のレンタル衣装企画、事前の予想よりももっと多くの応募が集まった。しかも値段としては割高になるオートクチュールでの注文が、ただの貸衣装の数を上回った。いったいその原因はどこにあるんだろう。この石の世界の住民は、自分の服になにを求めているんだろう。

「……」

石の世界の電球の淡い光は、夢幻のように部屋を照らす。外から虫の音が聞こえるなか無我夢中で手を動かしていた杠の意識は、飴《あめ》細工のように溶けていく。いつしか肩も落ち、頭の重さも感じなくなる。まどろみに落ちていた杠の腕に、小さな痛みが走った。

「痛……」

手元にはさっきまで使っていた針がある。慌てて腕の傷口を見る。血は出ていない。衣装は、汚れていない。ほっと息をついた彼女が、眠気を振り払いながら顔を上げたとき、その目に映る暗いシルエットがあった。

「お目覚めかな、小川杠」

キャプテンハットをかぶったその男は、七海龍水だった。

「龍水くん!?　どうして……」

「フゥン。千空のように露悪家を気取ることもあるまい。手伝いに、来たんだよ。大木大樹に感謝するんだな」

「大樹くんが……？」

「あの男は『交渉』という言葉を知らんらしい。夜中にいきなり叩き起こしにきたかと思えば、あとは『杠を手伝いに行ってくれ』の一点張りだ。震える声で『俺では力になれないから』とな。玄関先で泣かれるのも面倒なのでこっちが折れた。フゥン。天下の七海財閥の御曹司をあごで使うとは、あれは大したヤツかもな」

「で、でも今やってるのって、全部難しい作業ばかり……」

龍水が手のなかにあるものを見せつける。それは見事なレースのつけ襟だった。

「すごい……これ、私のデザイン画見ただけで作ったの？」

「当然だ。あの美しい船の原型となった模型は、誰が作ったと思っている？」

だから大樹は龍水を自分のもとに寄越《よこ》したのか。いや、もしかしたらこの完璧な人選を、大樹に示唆した者がいるのかもしれない。

（ありがとう、大樹くん……）

ふたたび作業場に沈黙が訪れた。作業やデザインについて二言三言交わす以外はひたす

ら手を動かすだけ。たっぷり一時間は過ぎたころ、もうこれ以上暗くならないと思っていた夜がさらに深まった時分に、杠は口を開いた。

「ねえ、龍水くんはなにが欲しいの？」

「どうした？　いきなり」

「うーんとね、雑談。喋《しゃべ》ってないと、また眠っちゃいそうだから」

「なるほど、それは名案だ」

そう言う龍水の顔にも疲れと眠気が見える。当然だ。彼だって昼を遊んで過ごしていたわけじゃないだろう。

「龍水くんはお金が欲しくて、でも去年は私の服をいっぱい買ってくれたり。今回のパーティの準備にも、いっぱいお金を出してくれてるんでしょ？　いったいどうしたいんだろうって」

「はっはー、簡単な話だ。全て欲しい。それが俺の業なのでな」

「全てって？」

「金も、石油も、パーティのきらびやかさも、この衣装たちを着て、輝く人間たちも、全部だ。もちろん、千空たちと征《い》く、大いなる船旅もな」

「わお」

　それは呆れの声ではなく、尊敬を込めた感嘆だった。ただの手芸好きの自分とは比較にならないほどのスケールを持つ男。そんな彼が自分の向かいに座って、ちまちまと針を動かしているのがなんだかおかしく思えてくる。

「……そういえば龍水くん、明日なにを着るの？　まだ聞いてないよね」

「俺か？　俺はもう決まっている」

「え？」と尋ね返す杠に、龍水は帽子を取ってみせた。

「この船長帽《キャプテンハット》、貴様が作ったものらしいな」

「う、うん。最初は千空くんにあげたんだけど」

「石化から目覚めた俺はそれまでの全てを失っていた。資産も、フランソワも。己の欲望以外はな。だからある意味でこの帽子は俺を定義づけたともいえる。少なくとも今の俺は、七海財閥の御曹司ではなく、ただ海に挑む一介の船長だということだ。だからこの帽子さえあればそれでいい。フ、実を言えば、今こうして貴様を手伝っているのは、この帽子の礼でもあるんだよ」

「……フランソワさんも同じことを言ってた。執事服が、この世界での自分を規定しているって」

「奴《やつ》がそう言うのも当然だろう。服というものはなりたい自分になれるツール。ミライへ

の欲望そのものなのだからな」

「服が……そっか……」

杠のなかで固い結び目が解《ほど》けていったようだった。殺到した参加者。どんどんと増えていった特注依頼。みんな、石の世界のシンデレラ・パーティで夢を見たかったんだ。今ここで編んでいるのは、『こうありたい』というみんなのミライへの願いだった。

「私は今、ミライを作ってるんだね……」

「はっはー、なにやら感慨にふけっているところ悪いが、ちゃんと手も動かせよ。俺の見立てでは、どうも間に合いそうにないぞこれは」

龍水が少し苦しそうな表情を浮かべる。たしかに二人の手はこの世界では一、二を争うほど早い。だけど、単純に物量が多すぎた。たった四本の腕では限界がある。

「うん……せめてあとひとりでもいてくれれば……」

「そ、それなら、ボクが手伝うよぅ！」

部屋の向こうから、声がした。見ると、さっきまでそこで寝ていた銀狼が、おっかなびっくりこちらに近づいて来ている。

「銀狼くん!?　いいの？」

「う、うん。実は途中から起きてて……そのまま寝たふりしようと思ってたんだけど」

「ずいぶん殊勝だな、銀狼。どうして狸寝入《たぬきねい》りをやめたのだ？」

「二人の話が聞こえてきて……ボクにも叶《かな》えたい夢があるから、寝てられないって」

「夢？」

銀狼が大きく息を吸い込んだ。彼はいかんともしがたい眠気を、今にも自分を乗っ取ろうとする怠惰を吹き飛ばすように叫ぶ。

「ボクも、綺麗に着飾った、綺麗な女の子たちがいっぱい見たい‼」

杠の目が点になる。だけど龍水の器は、そんな俗な願いもおおらかに受け入れた。

「はっはー、いい欲望じゃないか銀狼。座れ、仕事をくれてやる」

「うん、頑張るよぅ！」

「本当に、最低すぎるぞ……貴様……」

勇む銀狼をたしなめるように、寝起きの力弱い声が聞こえる。雑魚寝集団からまたひとり、金狼がゾンビのように這《は》い上がってきていた。

「き、金狼、起きちゃったの？」

「当たり前だ。弟のあんな恥ずかしい叫びが聞こえてきてはな……それに」

金狼の手が銀狼の頭に伸びる。またゲンコツを食らうのかと思って身構えた銀狼だったけど、兄の手は弟の髪を優しく撫《な》でるだけだった。

「弟が根性を出して頑張るんだ。兄だけが寝ているわけにもいくまい」

「金狼……」

「フゥン。きょうだいの麗しい愛情のおかげで手数が増えた。これなら完成もたやすい。違うか？　杠」

「違わないよ！　ありがとうみんな！　ラストスパート、頑張ろう！」

静かな合いの手が夜の闇を揺らした。四人が一斉に手を動かし始める。作業場の明かりは空が白むまで灯《とも》り続け……

パーティ当日の朝。そこには精根尽き果てて眠る四人の姿と、色とりどりの夢たちが、朝の光に照らされていた。


パーティはだいたい夕方前から、旧司帝国跡地の広場で。時計のない世界だけど、開始を待ちきれない参加者たちは、日も高いうちからデパート千空に殺到した。ここで受付用紙と照らし合わせて服を受け取り、そして男衆は店から蹴り出される。

「ホラ！　女子の着替えがあるんだから、男どもはさっさと出ていきな！」

RE
HA
Y

扱いが、悪い。男どもには更衣室なんて用意されず、なんならそこらの森のなかで着替えてろと言わんばかりだ。事前にゲンが確保していた部屋がなかったら、さぞ石の世界の景観は破壊されていただろう。

「おい、この『ネクタイ』っての、どうするんだよ」

マグマがやけに長いヒモをプラプラさせながら尋ねる。『とりあえずスーツ着とけば安定』的思考は三七〇〇年後も健在のようで、ファッションに疎い男連中は、おおむねワイシャツにスラックス、そしてジャケットという三種の神器を確保している。

「俺が結んでやるよ、マグマ。首出しな」

現代人代表の陽が親切心を発揮した。その身に纏《まと》うはインナーに重ねたVネックの長袖カットソーにスキニーパンツ。暗い色でまとめられてはいるが、逆にそれが彼の細マッチヨなシルエットを強調している。アクセントはシルバーのネックレスで、それによって薄い首元をカバーしていた。

そんな彼に首を差し出すマグマは、XLサイズのワイシャツに、おっかなびっくりベストを重ねている。陽はマグマからネクタイを受け取ると、手際よくそれを首に巻いた。できあがったのはいかにも不格好な蝶々結《ちょうちょむす》びだ。

「できたぜ、マグマ!!」

「おう、サンキューな陽」

「いや、それ全然違うから」

爆笑する陽の横から、抹茶色の浴衣に角帯を締めた羽京がフォローに入った。無難なお祭りスタイルで、ファッション感覚が洗練されにくい男所帯出身な彼だけに、冒険を避けた格好になる。

ネクタイが結び終わると、待ってましたといわんばかりにマグマと陽の喧嘩《けんか》が始まる。それをスルーしながら羽京は、いかにもマジシャンらしいシックな燕尾《えんび》服《ふく》に身を包んだゲンに話しかける。

「部屋を取ってて正解だったね。石神村の人じゃこういう細かいところがわからないし」

「ボタンすらよくわかってない人いるからね～。ただ問題は……」

目の前にはムサい男どもの半裸やら着崩れ姿やらが広がっている。ゲンはげんなりした顔で言った。

「復活者の俺たちが、男の着付けやらなきゃいけないことだね～」

女性陣は女性陣で大変だった。服の構造が基本男物よりも複雑で、しかも細部に対するこだわりは男の比ではない。男の更衣室では二つしかなかった姿見も、こちらでは大量に

置かれていて、それでもその前から人が途絶えることはなかった。

ほとんどパーティ開始直前になって、ようやく全ての人が捌け、入り口から『男子禁制』の看板が撤去されたころ、店舗のなかに立ち入る足音があった。

侵入者は一直線に男服のもとへ急ぐ。とそこで別の人影を認め、立ち止まった。

「フゥン。ニッキーではないか。レディがまだいたとは、これは失礼した」

侵入者・七海龍水は、中でひとり立ち尽くしていたニッキーに声をかけた。

「……龍水かい。どうしたんだい？　アンタが覗きってことはないだろうが」

「はっはー、この俺に向かってずいぶんなご挨拶だな。なに、ただ中で寝ていたら男は出て行けと蹴り出されて、今まで入れなかっただけの話だ」

「じゃあ服を取りに来たんだね。アンタはなにを着るんだい？」

「この帽子に合うものを、と思ったがどうも見当たらなくてな。まさかスーツを合わせるわけにもいかないので、昨日……今朝か、自分でこしらえた」

そう言って龍水は布切れの山からひとつの服を引っ張り出した。

「セーラー服か。スカートはどこだい？」

「フゥン、貴様らしくない冗談だな。それともなにか？　貴様が着たいのか？　それと知っていたら作っておいたのだが……」

龍水がニッキーに鋭い目を向ける。彼女は顔をそらした。

「どうした、ニッキー。服を選ばないのか？」

少女は、普段着ている服のままだった。

「それとも『自分みたいなゴツい女に似合う服はない』とでも自虐しているのか？　どうだ？　当たるんだぜ、船乗りの勘は」

「いいからほっといてくれないかい？」

「そうはいかん。俺は全ての人間が輝く様《さま》が欲しいのだ。……フランソワッ!!」

龍水が指をパチンと鳴らす。まるで影から生えてきたかのように、龍水の従順なる従者が現れた。

「貴様は運がいい。俺専属のスタイリストを貸してやる。さあ、思う存分輝くがいい」

「大きなお世話だよ！　それに前から思ってたけど、フランソワって男なのかい？　女なのかい？　性別もわからないのに肌を晒《さら》すわけがないだろう？」

「細かいことを気にするヤツだ」

「細かくない！」と勢い込むニッキーに龍水は言った。

「細かいことだ。フランソワの性別も、貴様の……いや、世間の美醜観もな。大小も高低も強弱も、俺は全てを肯定するぞ。女性は全て、美しい。だからくだらんことを気にして

ないで、さっさとそのドレスを着ろ」

龍水が指を差した先には、ワインカラーのドレスがあった。

「なんで、あれが着たいってわかって……」

「はっはー、俺が声をかけるまで目を釘付《くぎづ》けにしといてよく言う」

「あのドレスならばニッキー様のお体に映えるでしょう。見事な見立てでございます」

強引な龍水。優しく諭してくるフランソワ。二人の主従から迫られたニッキーは大きく息を吐《つ》いた。夢を見る、覚悟をした。

「わかったよ……ただ」

彼女は顔を赤らめて言った。

「着替えはアタシひとりでするよ。その、恥ずかしいから……」

「構わん。終わったらフランソワを呼べ。その髪もセットせねばな」

「龍水」

満足げにその場を去ろうとする龍水をニッキーが呼び止めた。

「勇気をくれてありがとう。フフフ、ちょっと惚《ほ》れそうだよ」

「そのドレスを着た貴様はさぞ美しかろう。今日だけはそのセリフ、『惚れるんじゃないよ』とでも言うがいい」

そう言って、龍水は店を去った。

数十分後、着付けを終えたニッキーとフランソワがパーティに繰り出した。同時に二つの影が裏口から店内に滑り込んできた。それは小さなタンクトップにジーンズを穿いたコハクと、キャリアウーマンばりにスーツを着こなしている南だ。二人とも準備万全のはずなのに、すでに始まったイベントには参加せず、暗い店舗に身を隠している。

「ニッキー、綺麗だったわね。あとで写真撮らせてもらわなきゃ」

「いいのか、南。もし今から私たちがやろうとしていることが失敗に終わったら……最悪このパーティは中止になる」

南のカメラを持つ手が震えた。人々の騒ぐ声が、遠くから聞こえてくる。

「それでも……これが最後だもの。コハク、お願い。これはあなたにしかできない」

「私以外にはできない。だから断ったら、自分ひとりで決行して、とんでもないことになるだろう、か。ハ！　脅し文句にしか聞こえないな。……ここで待っていろ」

そう言ってコハクは闇にまぎれた。ひとり明かりの消えた店舗に残された南は、カメラを抱きかかえるようにして座り込んだ。

石の世界のシンデレラ・パーティは盛況だった。かがり火がたかれ、千空謹製の大型ライトも導入され、夕闇にあってまるで昼のような明るさだ。聞こえてくるのは陽気な音楽、鼻をくすぐるのは美味《おい》しそうな匂い。目前に迫った別れの悲しさ・寂しさを吹き飛ばすように、広場は煌々《こうこう》と光っている。

普通の祭りと違うのは、やはり来場者の服装だろう。それはもうてんでバラバラで、支離滅裂で、何ひとつ統一感はなく、それでも全員が、この祭りを全力で楽しもうという気概に満ちていた。和も洋も、カジュアルもフォーマルも、モードもレトロも、ゴスロリもストリートも、ガーリーもオラオラも、みんな祭りの興奮に顔を火照らせている。

「お買い上げありがとうございました～」

パーティ会場には多くの出店が並んでいた。型抜きや射的、謎のお面に魚すくい。未来とスイカのわたあめ屋も、祭り会場こそがホームグラウンドとばかりに売上を伸ばしている。当日手伝いのナマリも加えて、全員がセーラー服に身を包んでの接客だ。

「なんか制服姿で店やってるの見るとアレだね」

と羽京がわたあめを頬張りながら言う。

「学校の文化祭を思い出すね」

「ああ……」

「どうしたのニッキー。元気なくない？」

「いや、たぶん照れているのではないかと……」

ルリが女心を代弁する。彼女はニッキーの頼みで歌姫リリアンのコンサート衣装を再現したドレスを着ている。言うなればコスプレで、しかもだいぶ派手な部類の衣装だけど、当の提案者のニッキーがそれ以上に目立つドレスで登場したのだから世話はない。

トレードマークだったおさげもほどかれて、案外ボリュームのあった髪はフランソワの手によって美しく整えられている。普段とは全く違うワインカラーの少女は、会場でもっとも目立つ人間のひとりだった。

「みんながアタシを見てる気がするよ。ああ恥ずかしい」

「見てるのは間違いないね。別に悪い意味じゃなく。ね、クロム」

「おぅニッキー！　バッチリきまってんじゃねえか!!」

麻のシャツに六分丈のハーフパンツと、夏の大学生のような格好をしているクロムが言った。どうも女心がわからないヤツの褒め言葉は軽い。だけどその軽さが救いになることもある。ひとりでは会場に居続ける勇気も出なかっただろう。

四人がいる場所はいわばフードコートで、そこからは各出店を見渡せた。出店には先のわたあめ屋などの出張店舗のほかにデパート千空直営店もあって、なんとか資金を回収しようと必死だ。

　羽京たちが飲んでいるコーラや定番の猫じゃらしラーメン、千空ブレンドの炭酸水、通称『千空汁』も売られている。フードコートからは広場中央に建てられたステージを見下ろすことができて、そこでおこなわれる催しを、食事を取りながら見られるようになっていた。

「おぅ羽京、ゲンのマジックショーだとよ！　ヤベー！」

「メンタリストって、マジックする人のことだっけ？」

　言いながら男どもはゲンの摩訶《まか》不思議なマジックに夢中だ。それを横目にルリは、ぐるりと祭り会場を見回した。

「そういえば、コハクはどこにいるのでしょうか」

　闇のなかから足音が近づいてきていた。それも二つ。南はコハクが首尾よく計画を成功させたのだと悟った。

　裏口から二人が入ってくる。南は部屋の明かりを点《つ》けた。ぼんやりとコハクの姿が浮か

び上がる。その後ろには、両手を縄で縛られた小さな姿。紅葉ほむらが立っていた。

「まぶしい……」

まるで地上に出たモグラのように、ほむらが目を細めた。南が彼女の声を聞くのは一年ぶりで、それだけで彼女の目には大粒の涙が溜《た》まっていた。

「なんの用？　ひとりだけ連れ出して。外、うるさいし」

罪人はふてぶてしくつぶやく。だけど光に慣れたその目が店内の様子に気づいたとき、彼女は息を呑《の》んだ。

「いっぱいの、服……？」

「今科学王国のパーティやってってね。みんなに貸し出した衣装の残り」

「ふーん。だから二人とも違うカッコしてるんだ。で、なに？　まさか囚人にもその衣装をプレゼントしてくれるわけじゃないよね？」

「そのまさからしいぞ」

コハクがほむらから目を離さずに言う。その瞳は彼女の一挙手一投足を完全に捉えきっていて、この女の不意をついて逃げ出すのは困難だとほむらは判断した。

「いくつか見繕って確保してたの。ほむらは体が小さいから、あんまり大人っぽい衣装はなくてね……」

「頭、わいてる」

服を取り出す南を、ほむらは氷点下の眼差しで見下しながら言う。

「だったら、服着せるときにこの縄も外してくれるっていうの？　できないよね。みんなに無断で囚人の縄を解くなんて」

「そんなことしたら、お前はそそくさと逃げ出すだろうな。私がいなければ、だが」

コハクがほむらの腕を掴《つか》んだ。その力はほむらの数倍は強い。

「バカげてる。さっさと帰して。着せかえ人形になる気はない！」

「お願い！　あなたの姿を撮りたいの！　昔みたいに……体操をしてるときのあなた、とっても綺麗だった。私は自分の撮った写真のなかでも、あなたのが一番好き！　だから」

「着ないって言ってる！」

「口紅だってあるの。ほら、氷月だって、綺麗なあなたを見れば……」

南がスティックをほむらの口元に押し付けようとする。だけど氷月の名前を聞いたほむらは、ものすごい形相を浮かべながら叫んだ。

「……!!　バカにするな!!」

「おい、南……！」

コハクの手から、感覚が抜け落ちた。一瞬のうちに腕のロックは抜けられ、ほむらの上

半身が視界から消える。前に倒れるようにして上半身を真下に折り曲げたほむらは、同時にその反動で回転蹴りを繰り出していた。半円の軌道を描いたかかとが、南の顔面に迫る。

「きゃあ!!」

尻もちをついて倒れ込む南。彼女が目を開けると、ほむらの蹴りはコハクによって受け止められていた。

「ハ! 滅法動きやすいな、このジーンズとやらは! やはり服とはこうあるべきだ」

言いながらコハクがほむらを拘束する。元より両手を封じられているほむらに抵抗の術《すべ》はなかった。

「帰して! 氷月さまのところに帰して!」

「南、ここまでだ。この関節の柔らかさだと、両手の縄も抜けかねない。囚人を逃亡させてパーティをぶち壊しにしては、頑張った杠たちに申し訳が立たないだろう?」

南が力なく頷く。コハクはすっかり黙ってしまったほむらを連れてふたたび外に出た。

部屋には小さな嗚咽《おえつ》の音だけが残された。

「なぜさっきのようなことをしたんだ?」

戻ってきたコハクが、床に座り込んでいた南に尋ねる。

「あの子を復活させるのを勧めたのは私よ。すごく綺麗な体操の演技をする子だった。復活してから何ヶ月かは一緒に過ごした。司《ツカ》さんたちとみんなで……だから……」

「なぜ今日なんだ？」

「もうみんな出発しちゃうじゃない!!」

南はうつむきながら叫んだ。それはこれまで誰にも言えなかった焦燥を、コハクひとりにぶつける行為に他ならなかった。

「もう明日には竣工式。そしたらみんな海に出かけちゃう。そこにあの子も一緒に乗せられるって聞いて……。二度と帰ってこないかもしれないのに、あの子の写真が一枚もないの。だから一年間撮りためていた写真のアルバムに、あの子も加えたいと思って……。自分勝手だね。あの子にとっては大きなお世話だった……」

南は涙を指で拭った。立ち上がり、去ろうとする彼女に、コハクは優しい声をかけた。

「パーティに行こう、南」

「え……？」

「ほむらはいないが、みんなはいる。写真を撮るんだろう？　じゃあ今日のパーティも撮らなければな。そして、できあがったアルバムとやらをいつか私にも見せてくれ」

「うん……うん。行きましょう。私、最後まで撮るから」

コハクが南に手を差し出す。南がその手を取る。牢に帰った少女の行く末を思いながら二人は、過去とミライが織りなす祭りへと足を運んだ。


愛別離苦の悲しみが、人の生には通奏低音のように流れている。祭りとはそれを凝縮した存在で、始まりはすなわち、終わりに向けてのスタートになる。楽しい時間が続けば続くほど、別離《わかれ》の時間は迫っている。夜は暗く、それでもかがり火はまだ燃えている。

祭りの科学担当としての仕事を終えた千空が、やれやれとテーブルの椅子に腰を下ろしたとき、メインステージでは最後のイベントがおこなわれていた。くたびれた様子で肩を回す千空の前に、冷たいコーラがスっと差し出された。

「ククク、気が利くじゃねえか、デカブツ」

そこには懐かしい服に身を包んだ大樹と杠が立っている。

「テメーらは高校《ヒロスエ》の制服かよ」

そう言う千空は、ワイシャツとスラックスの安牌《あんパイ》スタイルに、白衣を羽織っていた。

「今回の仕事は私の限界超えちゃってたからね。まだまだ普通の高校生でいいかなーと」

「千空は白衣か。こうしていると、昔に戻ったみたいだな!!」

たしかにそれは三七〇〇年前の彼らの似姿だった。制服と白衣。テーブルにはコーラ。

思い出されるのは、ともに過ごした短い高校生活。

「麻でできたパチモンだ。昔の薬品耐性◎・炎耐性〇の白衣には遠く及ばねえから、普段使いは無理だろうがな」

「いつかはちゃんとした白衣だって復活させられるよ。千空くんなら」

「絶対大丈夫だぞ、千空！　白衣も、人類も復活させて、そしたらまた三人で高校生活に戻ろう!!」

学ランを着た大樹が大きく夢を語る。けれど、他の二人はそんな彼を唖然《あぜん》とした顔で見つめていた。

「ん？　どうした二人とも」

「気づいてねえのかよ、雑頭」

千空が楽しそうに身を乗り出した。

「テメーが復活したのはいつだ？」

「ん……たしか、三年くらい前の秋だったか」

「ああ、んで俺はその半年前の春。石化したときは高一だったから……」

「あ、あ、ああああああ!!!!」

大樹が真実に気づいた。

「俺たちはもう卒業してる年齢じゃないか!!」

「ククク、そういうこった。あのパイセンどもよりも、年上になっちまってんだよ」

「私は一年遅れで復活したから、ギリギリ高校生でいけるけど……」

杠がクスクスと笑う。

「そ、卒業生……。しゅ、就職先を探さないと……」

「大樹くんほどこの世界での仕事に向いてる人はいないと思うよ」

「ククク、ちげえねえ」

杠の言葉に千空が笑いながら同意した。本当に、昔に戻ったような楽しい会話だった。


「あっちは実に楽しそうだな。混ざりにいかないのか? ゲンよ」

昔話に花を咲かせる千空たちを、ゲンと龍水が遠巻きに眺めていた。

「ん～、そうしたいけどね。眺めてるのもいいかな～って。大樹ちゃんたちと話す千空ちゃんには一種の尊さみたいなのがあるのよね」

「そういうものか?」

「ねえ、龍水ちゃんは、石化前に千空ちゃんと出会えていたら、って思ったことある？」

ゲンの問いに、龍水は即答した。

「ないな」

「へぇ、意外というか、龍水ちゃんらしいというか」

「簡単な話だ。石化前のヤツは、宇宙を目指していたのだろう？　だったらこうやって一緒に船を造ることもなかった。違うか？」

「なるほどね～」

「過去の出会いだけが全てではあるまい。というわけで俺は行くぞ。ほら見ろ、グズグズしているから先客に取られてしまったではないか」

龍水が指差す先には、千空に話しかける子どもたちの姿があった。

「千空、いつもと違う服でも、同じ文字が書いてあるんだよ」

スイカが千空の白衣に書かれている「$E=mc^2$」の数式を指した。

「これ、なんて意味なん？」

「ククク、もう少しお勉強を頑張ったら教えてやるぜ」

千空はそう言って笑った。それは永劫《えいごう》続く宇宙の法則であり、同時に千空がミライに向けて携えた希望でもあった。

「杠はスイカたちと同じ服なの」

スイカが杠を見て言った。未来が不思議そうに尋ねる。

「杠ちゃんは科学学園の生徒じゃないのに。もしかしてコスプレってやつなん？」

「あはは、そうかも」

子どものあけすけな言葉でも、悪い気はしなかった。コスプレとはまさに、服に夢を乗せる行為そのものだ。

「でもそれ以上に、この服には思い出が詰まってるから」

「石から復活した人に聞いたら、みんな同じこと言ってたんだよ」

「そういう連中も多いだろうな。昔好きだった服を着てんだろ」

千空が周りを見回しながらそう言った。

「みんな、昔に帰りたいんかなあ」

未来の、少し寂しさの混ざったつぶやきに、杠は応えられなかった。たしかに自分を含めて、まるで昔を懐かしむような格好をしている者も多い。だけどそれは自分が得た、「服はミライへの希望」という答えと矛盾してしまう。

「簡単な話だ、キッズども。全て欲しいんだよ」

そこに龍水が乱入してきた。三人が一斉に彼のほうを向く。

「過去で得たモノも全て、この石の世界でふたたび手に入れたいのだ。この俺のようにな」

「龍水くん……」

「過去の思い出も、知識も、好きなものや使えるものは全部ミライへ持っていこうとする。人類とはそういう欲張りな集団なのだ。違うか、千空？」

「……そうかもな」

『巨人の肩の上に立つ矮人《わいじん》』

科学者ニュートンが使った言葉にこういうものがある。自分たちはちっぽけな存在だけど、先人たちの積み重ねの上に立っているおかげで、遠くを見渡せる。この感覚は、当然科学の徒である千空の実感するところでもあった。

未来はこの言葉を知らない。だから彼女が彼女なりにイメージしたのは、過去という大荷物を背負いながら、現在《いま》を新たに拾い集めながら、アリのようにひたすら前に進む、人類という名の一団だった。ひたすら一本の道を進むその姿は、かつて科学学園の板書で見たなにかに酷似している。進むたびに謎に値を増す、あの不可解なヤツだ。

「……直線上を動く点Pみたいなもん？」

龍水はそれを聞いて大きな声で笑った。同じ講義を受けていた杠も大きく頷いた。それ

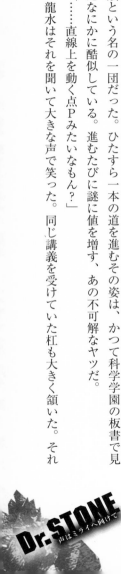

以外の面々は、ぽかんと口を開けていた。

　ゴリゴリと過去を引きずりながら、ひたすらミライへと進む動点P。時は不可逆で、一方通行のこの流れは決して止まることはない。なら、その上を這う点Pたる人類にできるのは、みなに良きミライが来るよう願うことだけだ。そんな切実な夢を見ながら、みな過去を愛し、倦《う》まず弛《たゆ》まず、現在を進んでいく。

　良き日の終わりを告げる号砲が鳴る。会場にいた人間が一斉に空を見上げる。それは大きな大きな花火だった。

「わお！　すごい。これも千空くんの？」

「デパート千空の秘蔵品だ。使う機会がなくて放置してたもんだが……」

「はっはー！　実に見事だ！　たーまやー!!」

「たーまやー!!」

　まるでやまびこのように、会場のそこかしこから一斉にその声は上がった。誰しもが天を仰ぎながら同じ言葉を口にする。

「たまや？　ってなんなの？」

　スイカの言葉に大樹が吼える。

「知らん!!　たーまやー！」

もはや謂《いわ》れも忘れられつつある、過去よりの咆哮《ほうこう》。だけど連綿と受け継がれ、愛されてきたこの叫びこそ、この石の世界の新たな幕開けにふさわしいものかもしれなかった。

「いったいなんの用だったのですか？」

暗い牢に戻ったほむらに、もうひとつの牢から氷月が声をかけた。たとえそれが事務的な通り一遍の質問でも、ほむらの胸が高鳴ったのは事実だった。

「特には……恭順を迫られただけです」

嘘《うそ》だ。だけど本当のことを話すほうがはるかに嘘くさい。氷月は誰も信じない。彼に疑いをかけられたら、ほむらは生きていけない。

「フン、あいかわらず脳の溶けた連中だ」

普段ならそれで会話が途切れるはずだった。だけど無駄口を好まないはずの氷月が、珍しくほむらの顔を見つめながら何かを言いたげにしている。

「あの、なにか……？」

「ほむらクン、あなた、仕掛けたのですか？」

「え……」

氷月が顔を横に向けた。

「頬に赤いものが見えます。血ではないのですか？」

「あ……」

思い当たる節がある。血では、ない。口紅だ。あのとき南の差し出した口紅が、頬に触れていたのかもしれない。

「ち、違います。これは……」

「そうですか……それにしても、ククク……」

一度は興味を失《な》くしたかのように見えた氷月が急に笑い出す。

「なかなか似合いの化粧ですよ。真っ赤で、まさに炎《ほむら》のようです」

その言葉を聞いた瞬間、ほむらの胸を、得体の知れないなにかが強烈に締め付けた。彼女はなにも喋らず、牢屋のすみに座った。小刻みに震える自分の体を、氷月に見られたくなかった。

『氷月だって、綺麗なあなたを見れば……』

南の言葉が、胸に蘇《よみがえ》る。そのたびに彼女は頭を掻きむしりたくなる。

もしもっと違う場所、違う時に同じ言葉を投げかけられたら……自分は飛び上がらんばかりに喜んだだろう。たとえばデートの待ち合わせで、一生懸命準備してきた自分の顔を見た彼の第一声なら……

（やめろ……やめろ!!）

望みたくない、望みたくないのに、フタが壊れてしまった箱のように、次から次へと希望が飛び出してくる。自ら封じた夢、閉ざした扉の先の希望、ありえないミライが、彼女の心を踏み荒らしていく。

そのとき、広場のほうから轟音が響いた。思わず外を見たほむらの目に映ったのは、とても美しい花火だった。花びらを構成する線のひとつひとつが、暗闇のなかに尾を引いて消えていく。咲いて散るうたかたの夢。夜空に輝く星と月。

知らず知らずのうちに彼女の目から涙があふれてきた。必死でそれを押し留《とど》めようとする彼女の唇は、震えながらもひとつの言葉をつぶやいた。

「かえして……」

その意味は彼女にもわからなかった。希望の発露なのか、絶望の嘆きなのか、無意味な呪文なのか。ただ彼女は恐れるだけだった。自分の前に横たわる真っ黒なミライが、ひたすらに怖かった。

石神村で食べたわたあめの甘い味が、なぜか無性に思い出されてきた。

「お札《ドラゴ》がいちま〜い　お札《ドラゴ》がにま〜い」

機帆船『ペルセウス』出航の朝、にしては不景気な声がデパート千空から漏れ聞こえてきた。部屋に入ろうとしていた獅子王《ししおう》未来は、一瞬足を止める。だけど勇気を出して、店に足を踏み入れた。部屋には千空とクロム、そして声の主であるあさぎりゲンがいた。

「たりない。たりない。ドラゴがほんのちょっとたりな〜い」

ゲンが乾いた笑いを浮かべている。石油代は、まだ足りていなかった。

たしかに祭りは大成功に終わった。衣装も大量に発注された。ただ、最初の目論見と違ったのは、レンタルではなくオーダーメイドが注文の過半数を占めていたことだ。ここで問題となるのは、急遽ヘルプとして大量に動員された石神村の皆々様の人件費で。いまだ貨幣に馴染みを持たない彼らに、労働の対価としてお好みの衣装を渡していった結果、最初の試算よりも、収入は少なくなってしまっていた。

同席していたクロムが、悟りきった顔で千空に言った。

「おぅ千空、もうごまかすこと考えたほうがよくねえか、これ」

「だな。いつかみたいに札に紙挟んで渡せよ、インチキマジシャン」

「それっきゃないよね！　もういいよね！　元はと言えば通貨流通量が悪いんだし！　海

に出たらこっちのもんだし！　よ～し」

「あのぅ」

来客を無視して犯罪行為に手を染めようとする三人に、未来が声をかけた。

「どうしたの未来ちゃん。これから俺ら、ちょっと教育に悪いことするんだけど」

「パーティで着た服、買い取りに来たんやけど……」

未来が紙幣を差し出す。ゲンの瞳がお札の形に変わった。

「え⁉　いいの⁉　結構高いけど！　でもすごく助かるけど！」

「うん、兄さんの目が覚めたら、私の制服姿見てもらおうと思って。いしし」

クロムがしまわれていた未来の制服を引っ張り出す。そのまま逆転の女神が差し出すお金と交換して、取引は成立した。

「やったなゲン、千空！　これで龍水に渡す金も……」

「たりな～い!!　あと五〇〇ドラゴ……」

「嘘だろオイ」

あの千空すらが困り果てた顔をしている。先日あれだけムーディな竣工式をおこなったのに、今日船が出航できないとなれば、お笑い種《ぐさ》どころの話ではない。

「あれ～、この値札間違ってない？　ホントはあと五〇〇ドラゴ高かったり……」

「セコい真似《まね》はやめなさいよ、ゲン」

入り口から呆れ声が聞こえる。見ると、南がそこに立っていた。小脇には、なにかの本を抱えている。最速でゲンが頭を下げた。

「お願い南ちゃん！　五〇〇ドラゴ隠し持ってたり……」

「お生憎《あいにく》様、私が持ってきたのはこれだけよ」

そう言って南は持っていた本を千空に投げて寄越した。千空がその表紙に書かれた文字を読み上げる。

「『科学王国アルバム』……」

「見本ができたから持ってきたの。キミたちにあげるつもりでね。お金が足りないのなら、売ってもいいわよ。どうせアルバムなんか見返さないでしょ」

「ククク、わかってるじゃねえか。ありがたく石油に換えさせてもらうぜ、女記者」

逆転の女神その2の登場でようやく出航の目処が立った。千空からアルバムを奪い取ったクロムが、今にも駆け出そうとする。

「よっしゃ、千空！　今からソッコーで買うヤツ探して……」

「あ、そんならそれも私が買う～」

女神その1が手を挙げる。驚いた南は未来のほうを向いた。

「ホントにいいの？　未来」

「うん、これも制服と一緒に兄さんに見せるわ。兄さんと生きるミライに連れていく、大切な思い出たちやから」

未来が五〇〇ドラゴを差し出す。アルバムが、彼女の手に渡る。

これで今度こそ、全ての準備は整った。

「よっしゃ!!　出航だぜ野郎ども!!」

「ホントありがと～。南ちゃん、未来ちゃん」

「この借りは必ず返すぜ。ソッコーで帰ってきて、司《つかさ》の野郎を叩き起こしてやるよ」

「いしし。お願いね、千空くん」

「あ、ちょっと待ちなさいよ！　出航の瞬間も撮るんだから」

青年たちは駆けていく。海に向かって、ミライに向かって。

未来も、その後ろを足早に追いかけた。片手に過去を携えて、もう片手にミライを抱えて、千空たちと行く道は違えど、その先に同じ夢があると信じて。

彼女はまっすぐに走っていった。

JUMP j BOOKS
Dr.STONE
声はミライへ向けて

稲垣理一郎……………………
原作担当。2002年から2009年まで「週刊少年ジャンプ」にて『アイシールド21』（漫画：村田雄介）を連載。2017年より同誌にて『Ｄｒ．ＳＴＯＮＥ』を連載中。

Ｂｏｉｃｈｉ……………………
作画担当。2006年から2016年まで「ヤングキング」にて連載の『サンケンロック』、2016年から2019年まで「週刊ヤングマガジン」にて連載の『ＯＲＩＧＩＮ』など。2017年より「週刊少年ジャンプ」にて『Ｄｒ．ＳＴＯＮＥ』を連載中。2019年、同誌にて外伝『Ｄｒ．ＳＴＯＮＥ reboot：百夜』を連載。

森本市夫……………………
ジャンプ小説新人賞'17 Spring小説テーマ部門金賞を受賞。著書に『Ｄｒ．ＳＴＯＮＥ 星の夢、地の歌』がある。

JUMP j BOOKS

■初出
Dr.STONE　声はミライへ向けて　書き下ろし

Dr.STONE
声はミライへ向けて

2020年4月 8 日　第1刷発行
2022年9月14日　第7刷発行

著　者
稲垣理一郎　Boichi　森本市夫

装　丁
原　武大（Freiheit）

校正・校閲
鷗来堂

担当編集
渡辺周平

編 集 人
千葉佳余

発 行 者
瓶子吉久

発 行 所
株式会社 集英社

〒101-8050 東京都千代田区一ツ橋2-5-10
TEL［編集部］03-3230-6297
［読者係］03-3230-6080
［販売部］03-3230-6393（書店専用）

印 刷 所
共同印刷株式会社

ホームページ　http://j-books.shueisha.co.jp/

Printed in Japan　　ISBN 978-4-08-703493-6 C0293

学園でも
科学無双!!
小説第一弾
[Dr.STONE
星の夢、地の歌]
書籍＆電子書籍で
絶賛発売中!!
原作:稲垣理一郎
作画:Boichi
小説:森本市夫
定価 本体700円+税 新書判

世界崩壊前

入学早々、科学部乗っ取り＆
ロケット打ち上げを宣言!?
小説で初めて明かされる、
千空の高校時代のエピソード!!
クロム・コハク・スイカの
バンド結成を描く秘話も同時収録!!